秋吉理香子

婚活中毒

実業之日本社

実業之日本社文庫

Contents

婚活中毒

理想の男

別れは一方的だった。彼から。メールで。

『どうして？　嫌なところがあったら直すから』

沙織《さおり》は震える指で返信を打ちながら、なんて情けない台詞《せりふ》だろうと涙が出た。

「嫌なところがあったら直す」だなんて、卑屈で惨め極まりない。もしそんなことを誰かに言われたら、そいつを余計に嫌いになる。案の定すぐに、『だから、そういう卑屈なところがイヤなんだってば』と返信が来た。

『急すぎるよ。もうすぐ勇の誕生日でしょ。プレゼントも用意してあるの。とりあえず会って話そう』

メールを送信した後、携帯の画面が一瞬暗くなって、そこに眉間《みけん》に皺《しわ》を寄せた悲《ひ》愴《そう》なアラフォー女の顔が映る。私、こんな顔してたっけ。

しかし勇から返信はなかった。もしかしたら届いてないのかもしれない。そう思い電話もしてみたが出てくれなかった。とにかく電話が欲しいと留守番電話に吹き込む。

すれ違い始めたのは、ここ半年だろうか。係長に昇進した勇は大きなプロジェクトを任されるようになり、一方沙織はリストラにあった。再就職活動は難航し、雇用保険も打ち切られ、貯金も底をついたとき、沙織は都心から電車で二時間の実家へ戻った。プチ遠距離となって以来、勇とはほとんど会えなくなった。沙織が彼のアパートに会いに行くと言っても、疲れているからと断られ続けた。そんな折、彼が新入社員の女の子とデートしているとの噂《うわさ》を耳にした。確かめるのが怖いと思っているうちに、別れのメールが来たわけだ。

後悔ばかりが涙となって流れてくる。あと半年で四十歳になる。最近出会いもない。次の恋なんてあるんだろうか。いや、あっても結婚前提の付き合いなんてできるんだろうか。

その時携帯が鳴った。ディスプレイを確認するのももどかしく通話ボタンを押す。

――沙織？

聞こえてきたのは、のんびりとした母の声だった。瞬時に胸がしぼむ。一緒に暮らす母は二階にある沙織の部屋まで来るのが面倒なのか、内線代わりに携帯にかけてくる。

――ぶどうあるの。おりていらっしゃいよ。

慌てて涙を拭《ふ》いて階下へ降りる。笑顔を作ったつもりだったが、やはり母親の目はごまかせない。居間へ入った途端、母は「何かあったの？」と心配げに声をかけてきた。

「勇にフラれちゃって」

母が顔をしかめる。もともと母は勇を気に入っていなかった。三年も付き合いながら結婚というケジメをつける気がない。見切りをつけて見合いをしろと、まだ東京にいる間にもしょっちゅう見合い写真を送り付けてきた。

「やっぱりね。いい加減そうな男だと思ってたわ」

沙織がテーブルに着くと、母は真正面から勇の悪口をあれこれ並べ立てた。

「で、これからどうするつもり？　女はね、仕事だけじゃ生きていけないんだから。四十になったら、どんどん縁遠くなるだけ。まったく、あれほど言ってきたのに――」

いつもの説教が始まる。三十を過ぎた頃から、電話の度に結婚しろと煩《うるさ》く言われてきた。けれども当時は結婚なんて遠い先だった。仕事も面白くなってきた頃で、ボーイフレンドにも困らない。「結婚しない人生もアリかもね」、なんて女子会で盛り上がっていたっけ。しかし今日は、つくづく母の言葉が身に染みる。当時のボーイフレンドたちもすでに身を固めているし、女子会で盛り上がっていたメンバーも、沙織以外は結婚してしまった。みんなはちゃんとキャリアを充実させながら、着々と結婚への道も築いていたのだ。

「だから勇さんとさっさと別れて、見合いで結婚するべきだったのよ」

母が送ってきた見合い相手の釣書《つりがき》や写真を思い出してみる。条件的に悪くない相手も少なくなかった。

「わかった。今度こそ、ちゃんとお見合いする」

沙織が決意を込めて言うと、母は呆《あき》れたようにため息をついた。

「何言ってんの。あの時声をかけてくださった方は、みんなとっくにご結婚なさったわよ」

そうだったのか。こちらさえその気になれば、いつでも見合いくらいできると思い込んでいた。

「じゃあ今度はこちらから頼んでみてよ。私、ちゃんと写真館で写真撮って、釣書も書く」

「あのねえ、もうすぐ四十になる娘なんて、他人様に紹介を頼めないわよ。声をかけて頂いてた時、三十前半だったでしょ？　それでもぎりぎりだって言われてたんだから。お断りしたとき『最後のチャンスなのにね』って厭味《いやみ》言われたわよ。今更お願いしてごらんなさい。『ご年齢を考慮してご遠慮ください』って言われるに決まってるんだから」

　まるで既に頼んで断られたかのように、リアルなことを言う。もしかしたら実際にあったやり取りなのかもしれない。きっと母はあれからも、折を見ては何度か頼んでいたのだ。

「じゃあ、もう誰も当てにできないのか」

　沙織がため息をつくと、つられたように母も深く息をついた。

「無理ね。こちらからお金を払うくらいじゃなくちゃ――あっ」母が何か思い出したように言葉を切る。「そういえば結婚相談所ができたの、知ってた？」

「え、結婚相談所……」

正直、偏見がある。そんなところに登録する男も女も、よほどの事情があるに違いないと。借金があるとか、年収が低いとか。沙織が正直に述べると、母は鼻を鳴らした。

「そんなこと言える立場じゃないでしょ。それにそこ、とっても評判がいいの。大手チェーンじゃなくて、地元の人が立ち上げた小さな相談所だから、身元のしっかりした人ばかりが登録してるらしいし、それに成婚率も高いんだって」

「でも……」

「ホームページもあるはずだから、ネットで見てよ。確か『フェイト』だったと思う」

「『フェイト』ね、わかった。見てみる」

そう約束して自室へ戻ったものの、やはり気が乗らない。結婚相談所は、最後の手段だという気がしていた。まだそこまでしなくてもいいんじゃないかという思いが残っている。

しかし実際ホームページを見てみると、思ったより参加しやすそうだった。登録料三万円。月会費五千円。紹介料一件につき二万円。結婚成立時の報酬二十万円……と金銭的に少々負担がかかるのは仕方ないものの、〝コーヒーデート〟や〝公園デート〟と銘打たれたカジュアルな顔合わせが心理的負担を軽くする。トップページに大きな文字で「お気軽に、運命のお相手を」と書かれたモットーにも、なるほどと納得することができた。フェイトというのは、英語で運命という意味らしい。

とりあえず無料相談のアポを取ることにした。氏名、住所、携帯電話番号、生年月日などを入力して送信する。たったそれだけでも、少しは別れから前進できた気がして心が晴れた。


フェイトの事務所は、実家からバスで十数分ほど行った先の山手エリアにあった。停留所ごとに坂を上がってゆく。かつてこのエリアはニュータウンとして大々的に開発された。洒落《しゃれ》た戸建てはどれも広くて庭もついているし、山だから景色は良い。当時は駅ができ、ゆくゆくはショッピングセンターも誘致するという話があり、みなこぞってこの一帯に家を購入したそうだ。

だがバブルがはじけ、駅ができるという話は消えた。当然ショッピングセンターもできなかった。結局、景色が良いだけで、すこぶる不便なエリアとなり下がってしまったのだ。そのくせ、広い庭には手入れが必要だし、邸宅にも車にも維持費がかかる。住人はどんどん利便性の高い駅近くのマンションへと移り住んでいき、過疎化が進んでしまった。一時はゴーストタウンになってしまうのではと危ぶまれたが、再び時代は変わり、狭苦しい都会に疲れた若者がUターンやIターンを始めているという。

母が近所の人に聞いて集めてきた情報によると、そもそも結婚相談所がこんな辺《へん》鄙《ぴ》なところにできたのは、需要を見込んでのことらしい。Uターン、Iターンしてきたものの出会いの輪を広げることのできない若者が大勢おり、あれよあれよという間に登録者が増えたという。しかも結婚に対するビジョンも明確な、しっかり者ばかりらしい。

バスの終点で降りる。そこからさらに階段を上らなくてはならないようだ。あまりにも長いので数えながら上ってみたところ、なんと二百段もあった。上りきったところにパステルピンクの建物があり、「ＦＡＴＥ」と書かれたハート形の看板が掲げてあるのが見えた。息も絶え絶えに玄関まで辿《たど》りつき、インターホンを押す。

出迎えたのは、愛嬌《あいきょう》のある丸顔に、ふっくらとした体形をした中年女性だった。

「吉本《よしもと》沙織さまですね。お待ちしておりました。オーナー社長の井上幸恵《いのうえゆきえ》です」

井上は貫禄のあるお腹《なか》を反《そ》らせ、沙織を中へ招き入れた。事務所とはいっても一軒家を改造したもののようで、玄関では靴を脱ぎ、薔薇《ばら》模様のふかふかのスリッパを勧められた。アロマが焚《た》いてあるのか、ほのかに良い香りが漂っている。

ピンクを基調としたロマンチックなリビングルームへ通され、おそらく輸入物の大きな花柄のソファに座る。ソファに腰を落ち着けた途端、どっと疲れが襲ってきた。

「どうしてこんな不便なところに事務所を開いたんですか？」紅茶を運んできた井上に、率直に尋ねる。

「うふふ。皆さんに聞かれるのよね。理由は二つ。うちは地域密着型でしょう？目立つところに事務所があると、誰が出入りしているか、あっという間に噂になっちゃうの。だからまずは、ご利用者様のプライバシーのため。二つ目は、冷やかしでいらっしゃる方を避けるため。こんな道のりをはるばる来てくださるというだけで、結婚に対する真剣度がわかるってもんだわ。そうでしょ？」

なるほど。沙織もとにかく良いご縁を求めて、必死でこの山を這《は》い上がってきた。

「だからここには、結婚に対して真剣で、前向きで、真面目《まじめ》な人ばかりが集まっているの。そのせいか成婚率が本当に高いのよ。それに一人で運営しているから、大手には真似《まね》できない、きめ細かなサービスも喜ばれているの」

紅茶を沙織の前に置きながら、井上が微笑《ほほえ》む。たくさんの出会いをまとめ上げてきた自信と貫禄が浮かんだその笑顔が、沙織にはとても頼もしく思えた。

「では早速ですけど」沙織の目の前に腰を下ろし、井上が身を乗り出してきた。「事前にお送りいただいたご希望書を元に、何名かリストアップしてみたの。その中で一人、とってもお勧めの方がいるのよ」

沙織が希望書に書いた条件は、大卒、年収六百万円以上、正社員、年齢四十二歳まで、などごくごくベーシックなものだ。身長や体重、頭髪の有無など、容姿に関することは一切書かなかった。遅まきながら、四十路《よそじ》手前の女としての身の程を知ったからだ。だから、はなから相手のルックスには期待をしていない。だが井上がテーブルの上に滑らせてきた写真を見て、沙織は驚いた。

なかなかハンサムだ。笑顔もいい。歯並びもきれいで清潔感がある。全身写真は均整がとれているし、太ってもいないし、髪もふさふさだ。

しかし沙織はハッと現実に戻る。こんなに素敵な男性に、最初から当たるわけがない。何か裏があるのだ。実はこう見えて、私より背が低いとか？　かつらとか？　借金があるとか？　バツ五とか？

「かっこいいでしょ？　杉下圭司《けいじ》さん。四十二歳。お勤め先は丸菱《まるびし》商事、職種は営業で年収は六百万円。身長百七十八センチ、体重七十キロ」

それが真実なら、決して悪くない――いや、それどころか沙織にとっては好条件だ。丸菱は大手ではないが、地元では優良企業として知られている。年収だって充分だし、二人で働けば余裕のある生活ができるはずだ。

「どうかしら？　杉下さんは、華奢《きゃしゃ》で髪が長くて女性らしい方がお好みなの。吉本さんみたいな方がぴったりだと思うんだけど」

「会います！　会いたいです！」

どうしてこんな好条件の人が登録しているんだろう。どうして未《いま》だに相手が見つかっていないんだろう――舞い上がった沙織にはそんな疑問が浮かぶ余裕もなく、すぐさま井上にセッティングを頼み込んでいた。

指定された日は三日後だった。気楽にというモットー通り、最初はランチデートということになった。その三日間の間に、沙織は色が抜けて茶色になっている髪を黒っぽく染め直し、歯のホワイトニングに行き、肌の露出の少ない、かといって地味すぎないワンピースを買った。そうして臨んだランチデート。待ち合わせのレストランのドアを開けながら、強く自分に言い聞かせた——あのプロフィール写真は、きっと三割増しだ。写真屋の修整がかなり入っているに違いない。がっかりしても絶対に顔に出さないように、と。

しかし個室に通され、すでに待っていた杉下を見た時には、息を呑《の》んだ。写真より実物の方が三割増しだった。杉下も緊張しているのか、ぎこちなく立ち上がる。スーツは高級そうには見えない。恐らく量販店で揃《そろ》えたものだろう。この町には高級店もデパートもない。ネクタイも、時計も、靴も、どれもブランド物ではなさそうだ。しかし、沙織にはそれがかえって好ましく思えた。勇はお洒落だったが、その分金遣いは荒かった。結婚相手なら、これくらい地味な方がいい。それに、高級スーツに身を包んだブサメンと、安物スーツを着たイケメン、女子がどちらを選ぶかは明白だ。

「どうも、す、杉下です」

　顔を真っ赤にして、しどろもどろに挨拶をする。端正な眉《まゆ》が困ったように寄せられて、なかなかチャーミングだ。女に慣れた男より、純朴な方がいい。

「吉本沙織です。よろしくお願いします」

　少し首を傾けて会釈する。こうすれば可愛《かわい》らしく、そして奥ゆかしく見えると昔読んだファッション雑誌に書いてあった。

　会話は最初途切れがちだった。しかし料理も食べ終わり、デザートの段階になるまでに、ドライブという共通の趣味の話題で盛り上がった。沙織はすっかり杉下に魅了されていた。なかなかのルックスを持ちながら、自身では気づいていないような大らかさが、そのあか抜けない髪形や服装に表れていた。結婚相手としては理想的だ。

「じゃあ、来週にでもドライブに行きませんか」遠慮がちに誘う杉下に、沙織はうっとりと「喜んで」と答えていた。

　デートを重ねるたび、杉下は優しくなった。

車のドアを開けてくれるのは当たり前。沙織が好きだと言ったアーティストの曲を用意してドライブ中にかけてくれたり、出先で必ず何か思い出に残る品を買ってくれたり、撮った写真はすぐプリントアウトして渡してくれるなど、こまやかな気遣いに溢《あふ》れている。また出張や研修などで海外に行くことも多く、そのたびに土産も欠かさない。

——当たりだ。

杉下に会うたびに、沙織は実感する。初めて登録した結婚相談所——しかも田舎の——で、いきなり好条件の獲物を引き当てた。ラッキーだ。

幸せな一方、どうしても疑問が頭をもたげてくる。

——こんなに素敵な人なのに、どうして今まで独り者だったの?

戸籍に傷はなくとも女グセが悪いのか、借金はなくともギャンブルに狂っているのか、意地の悪い姑《しゅうとめ》と小姑がわんさかいるのか……それとなく探ってみたが、どの線も消えた。部屋の合鍵は渡してくれるし、パチンコや競馬にも興味を示さない。とっくに両親は他界しており、上に兄夫婦がいるだけだという。

ますます好条件なわけだが、それだけに余計に不思議になる。もしかしたら、何か致命的なことを見落としているのではないだろうか……。

「沙織さん、どうかしたの？」

杉下が不安げに顔を覗《のぞ》き込んでくる。彼が住むアパートに招いてくれて、キッチンで腕を振るっているのだ。グラタンにサラダなど、決して手の込んだ料理ではないが、なかなか手際もよいし味付けも悪くない。料理ができる男、これはかなりポイントが高い。女が放っておくはずがない。

「ねえ杉下さん」思い切って沙織は切り出した。「失礼なことを聞くようだけど」

「なに、急に」杉下が身構える。

「どうして今まで結婚しなかったの？　どうしてあなたみたいな人が、結婚相談所に登録したの？」

「え？　ど、どうしてって言われても……」しどろもどろになり、視線が泳ぐ。

「もしかして……サクラなの？」

「ええ！」杉下は心底驚いた声を出し、それから安堵《あんど》したように口元を緩めた。

「なんだ、四十過ぎの独身男は気持ち悪いってフラれるのかとヒヤヒヤしたよ。ええと、全然出会いがなかったんだ。子供好きだから早く結婚したかったんだけど、そもそも会社に女性が少なくて。だから結婚相談所ができたって聞いて、すぐ登録した。絶対にサクラなんかじゃないよ、と言っても証明するものなんてないけど。……あ、そうだ！」

杉下はデスク付近のキャビネットを探り、一枚の紙を出してきた。

「これ。入会金の領収書。ね？」

確かにそれは、沙織がもらったのと同じ、フェイトからの領収書だった。日付は三年前になっている。

「杉下さんて、もう三年も会員なの？」

「そうだよ」

こんな人に、三年も相手が紹介されないなんてこと、あるはずがない。そう言うと、杉下は頭を掻《か》いた。

「そりゃあ、三人ほど紹介してもらったよ」

やっぱり。沙織の胸に、チクリと針が刺さる。

「だけど三年で三人って少なくない？」

「一人と長く付き合ってたから。僕なりに真剣だったし」

「その人たちとはどうなったの？」

「いや、どうって……」しばらく杉下は俯《うつむ》いて考えていたが、顔を上げて「まあ、ご縁がなかったってことだったんだろうな」と微笑した。なんとなく、その微笑が冷酷に見えて、沙織は初めて、杉下に不快感を覚えた。


三人とも彼に捨てられたんだ、と沙織は帰り道に考えていた。

彼のような人を紹介されて断る女性など、いるはずがない。杉下の方から断りを入れたのは確実だ。いったい、何が彼の気に入らなかったんだろう？ 彼女たちの何がいけなかったんだろう？ 自分もいつか捨てられてしまうのだろうか。井上から突然「杉下さんからお断りのお返事が……」と連絡が来るのだろうか。いくら合鍵まで渡されている仲になれたとはいえ、別れは紹介所経由でドライに済んでしまう。だけど沙織はもう本気で杉下に恋をしていた。彼と結婚までこぎつけたい。彼に気に入られたい。この結婚をどうしても成功させたい。

この三人に会って、話を聞かせてもらおう。恥も迷惑も考えず、沙織は決心していた。

三人の名前も住所も、あっさりわかった。

杉下の海外出張中を狙って合鍵で部屋に入り、キャビネットを探ったのだ。几帳《きちょう》面《めん》な彼のことだ、領収書と一緒に、フェイト関連のものがまとめて整理されているに違いないと踏んでいた。

ビンゴだった。井上から送られたであろうフェイトのロゴ入りのクリアファイルに、プロフィールと写真が挟んであった。

片山逸子《いつこ》　　三十五歳
山樹《やまき》ゆかり　　三十八歳
布川《ふかわ》由美　　三十六歳

三人とも、セミロングでナチュラルメイク。身長は百六十センチほどで、華奢な体つきだ。二重の大きな目に、細い鼻。三人とも、まあまあ美人の部類に入るのではないだろうか。そして——三人とも、どことなく沙織に似ている。つまり、杉下の好みに一貫性があるということだ。それは沙織を少し複雑な気持ちにさせた。

それぞれのプロフィール用紙の空欄に、杉下の自筆で細かく書き込んである。自宅住所、携帯番号、勤務先、趣味、飼っているペットなどから、デートした日付、行った場所、食べたものなどまで。ちょっと気味が悪いなと思ったのは、相手の行動パターンまで細かに書き込まれていることだった。七時に起床、八時に自宅を出て九時に出社、定時は十七時半、水曜日は十八時からピアノのレッスン、木曜日は十九時からジム通い……などだ。ふと思いついてデスクの引き出しを開けてみると、やはり沙織の写真とプロフィール用紙がしまわれていた。案の定、びっしり書き込まれている。毎週火曜に母とレディースランチに行くことなど、こんなこと教えたっけ？　と思うようなことまで記してあった。

もしかしたら、ストーカー気質があるのだろうか。これを見るまでは彼が女をフッたのだと思い込んでいたが、案外、女の方から離れていったのかもしれない。

沙織は携帯を取り出し、勇気を出して片山逸子の電話番号を押した。通じない。山樹ゆかりと布川由美の番号は、全くの他人にかかってしまった。誰にも通じないということは、杉下との縁をすっぱり切りたくて番号を変えたと考えるのが妥当だろう。それならなおさら、彼女たちから話を聞いておきたい――。

沙織は、住所を訪ねてみることにした。非常識であることは百も承知だ。しかしこれには沙織の結婚、ひいては人生そのものがかかっている。

片山逸子は隣の県に住んでいるようだった。携帯番号を変えるくらいなのだから、引っ越しているかもしれないとも思ったが、とにかくじっとしていられない。ようやく辿りついてみるとそこは大きな一軒家で、表札には「片山」とあった。

よかった。実家だったんだ。

インターホンを押すと、年配の男性の声が応答する。

「あの、逸子さんはいらっしゃいますか」

カメラ付きのドアホンに向かって、できるだけ丁寧に話す。親しげな笑顔も忘れない。

「逸子……ですか。失礼ですが……？」

「A中学のバスケ部で同じだった者です。久しぶりに通りかかったもので懐かしくなって」

杉下がいろんな情報を書きこんでくれていたおかげで、信頼性の高い嘘《うそ》をつける。

「逸子は……おりません」

「まあ残念です。何時にお戻りですか？」

「いや、もう、ここにはおらんのです」

「一人暮らしを始められたんですね？　そちらの住所を教えていただけないでしょうか」

不自然にならない程度に食い下がる。せっかくの手がかりなのだ。

「いや、そうでなくてですな」逸子の父親と思われる男性は、大きなため息をついた。

「逸子は亡くなったんです……二年ほど前に交通事故で」

ぷつりと切れたインターホンの前で、沙織は立ち尽くした。

死んだ？　片山逸子は死んだの？　いろいろな疑問が湧《わ》き起こったが、ここで立ち止まっていても仕方がない。沙織は二人目の山樹ゆかりを探すことにした。二人目に会えば、片山逸子のことも聞き出せるかもしれない。

次に隣町の山樹ゆかりの住所を訪ねてみると、小さなアパートだった。空き部屋なのか、チラシが無造作に突っ込まれたままになっている。

――引っ越ししたのか。

がっかりしていると、ちょうど隣の部屋から男性が出てきた。男は沙織の姿を見ると、一瞬ギョッとしたように立ち止まった。

「あの、こちらの部屋は……」

話しかけると男は後ずさったが、沙織を上から下まで眺めると、ホッとしたような顔をした。

「ああ驚いた。山樹さんが帰ってきたのかと思ったよ。もしかして妹さん？　似てますね」

「え？　いいえ」

「あれ、違うの？　失礼しました。――ああ、この部屋を借りに来た人？」沙織が否定する前に、男は気の毒そうに続けた。「やめときなよ。縁起悪いから。事故部屋だよ、そこ」

「――事故部屋？」

「そう。自殺」

「自殺……」

「前に住んでた山樹さん、一年半前にその部屋で自殺したんだよ」

一人目の片山逸子が交通事故死、二人目の山樹ゆかりが自殺——。

三人目である布川由美の住所へと電車で向かいながら、沙織の胸には悪い予感がたちこめていた。布川由美の住所は社員寮になっていて、そこから出てきた女性を捕まえて話を聞いてみる。嫌な予感は的中した。布川由美も亡くなっていたのである。一年ほど前に海で溺《おぼ》れた、ということだった。

いったいどういうことなのだろう。

杉下が付き合っていた相手が三人とも死んでいる。とても偶然とは思えない。何かが変だ。

混乱を抱えたまま帰宅する。とても夕飯を食べる気になれず、自室にこもって悶々《もんもん》としていると、杉下から電話がかかってきた。

「さっき出張から戻ってきたんだ。ちょっと会えないい？」

「今から？」時計を見ると、もう十時を回っている。「もう遅いわ。明日にできない？」

「どうしても君の顔が見たくて。お願い。迎えに行くからさ」

頼み込まれると断れなかった。沙織はため息をついて、のろのろと支度する。いつもなら胸が弾む杉下とのデートも、今日ばかりは気が乗らない。母に一声かけて家を出、公園の方へ向かう。沙織の実家は細い路地の先にあり、車が入れない。迎えに来てもらう時は、公園の近くで拾ってもらうことにしていた。

こんな時間だ。人通りはほとんどなく、公園には誰もいない。

——やだな、真っ暗じゃない。

やっぱり断ろうかと思った時、辺りが明るくなり車のヘッドライトが近づいていた。運転席には杉下らしき人影がある。沙織を探しながらの運転なのだろう、かなりゆっくりした走行だ。ついさっきまで暗い気持ちだったのに、やはり姿を見ると愛《いと》おしさがこみ上げてきた。海外出張から帰ったばかりで疲れているのにわざわざ会いに来てくれたのだと今更思い当たり、素直に嬉《うれ》しくなる。沙織は「おかえりなさい！」と大声をはりあげ手を振りながら、車へと駆け寄った。——が、車はそのまままっすぐ沙織めがけて突っ込んでくる。

——うそ！

沙織はとっさに車をよけ、路上に転がった。車が沙織を通り過ぎたところで急停車する。呆然《ぼうぜん》とする沙織の目の前で、テールランプ横のバックライトがカッと白く光った。

——戻ってくる！

路地は細く、ほとんど逃げ場がない。沙織が絶望的になりかけたとき、公園に若者が大勢やってきた。沙織が助けを求めて叫ぼうとするのと、ぐっと肩を摑《つか》まれたのが同時だった。

「大丈夫？」

杉下が沙織の顔を覗き込んでいる。いつの間にか車は歩道に寄せて停《と》められていた。バックライトが光ったのは、駐車時に後退するためだったのか。

「危ないじゃない。私、ひかれるところだったわ」

「ごめん。沙織さん、いきなり飛び出してくるんだもん。焦ったよ」

杉下は、ちらちらと沙織の背後をうかがっている。若者たちの存在を気にしているのか。

「だって停まってくれると思ったから……」

「直前まで沙織さんが見えなかったんだ。慌ててブレーキ踏んだんだけど間に合わなくて……怖い思いをさせて本当に悪かった。怪我《けが》はない？　立てる？」

「うん……」

沙織は促されるまま立ち上がり、助手席に乗った。

「お詫《わ》びにと言っては何だけど、面白いところへ連れていってあげるからね」

優しく言いながら、杉下が車を発進させる。なんとなく腑《ふ》に落ちない一方、何だ、私のことが見えてなかっただけなんだ、とホッとする自分がいる。きっと三人の女性の件があるから、神経過敏になっているのだ。それによく考えてみれば、三人とも亡くなっているとはいえ、杉下が関与しているわけではない。交通事故、自殺、海難事故――いずれも殺人事件ではないのだ。別の見方からすれば、彼は恋人を立て続けに失った哀れな男である。それなのに疑うなんて――沙織は反省しながら、助手席の窓を流れてゆく夜の町並みを眺めていた。

車は山道を走り、どんどん山奥へと入っていく。民家も途絶え、街灯もない。土《つち》埃《ぼこり》だらけの道を、杉下のＳＵＶが大きく車体を揺らしながら進んでいく。

「ねえ……いったいどこへ行くの？」

恐る恐る声をかけるが、ハンドルを握る杉下は無言だ。その横顔は険しく、まるで何かを決意したかのように思いつめた表情をしている。

「杉下さん？　ねえ……」

彼の腕に手を触れようとした途端、ガタンと車が傾いた。そのはずみで沙織の上体が大きく横に揺れ、ドアの窓ガラスに思い切り頭をぶつける。一瞬目の前が白くなるほどの痛みだった。

――いったぁ……。

しかし杉下はただ黙々と前だけを見ている。真っ暗な車内で、速度計やオーディオ機器のライトが下から杉下の顔を照らし、不気味な陰影を作っている。こんな山奥へ来て、いったいどうするのだろう？　こっそりと携帯電話を見ると、圏外になっている。叫んでも誰にも聞こえないだろう。他《ほか》の車がいてくれないかと、後ろを振り返る。その時、後部座席に紙袋が見えた。車体が揺れるたびに、袋の中から、何かギラリと光るものが見え隠れする。沙織は息を呑んだ。

あれは、ナイフ……！

突然、車が停車した。唐突だった。沙織は後部座席へ体を捻《ひね》ったまま、大きくダッシュボードに投げ出されそうになり、すんでのところでシートベルトに押し戻された。

「沙織さん……後ろ、見たの？」沙織を真正面から見つめる杉下の声は、乾いていた。白目が暗闇の中でぎらついている。

「ううん……ううん、何にも見てない」沙織は必死で首を振る。

「本当に？」杉下はすごむように念を押した。

「本当、よ……」

杉下はじっと沙織を睨《にら》んでいたが、素早く腕をバックシートへと伸ばした。

殺される！

沙織はとっさにドアを開けようとした——が、運転席側から安全ロックがかかっていて開かない。沙織はパニックになりながら、何度もロックを叩《たた》いた。

「沙織さん、何してるの？」

背後から肩を摑まれる。絶体絶命だ——と振り返った時、杉下の手に銀色に光るものがあった。

刺される……！

思わず目をつぶった。

「沙織さん？　どうしたの」

杉下に声をかけられ、恐る恐る目を開けると、彼の手のひらに、銀色のラッピングペーパーで包まれた箱が載っていた。

ナイフじゃなかった……。

全身の力が抜けると同時に、どっと汗が噴き出してきた。

「さっきから変だよ、大丈夫？」

「うん、ごめんね、もう大丈夫。これ、お土産かしら？　嬉しいわ」

沙織が箱に手を伸ばそうとすると、杉下が急にかしこまったように背筋を伸ばした。

「沙織さん……」

「なあに？」

「僕と、結婚してください！」

沙織の目の前に、箱が差し出される。沙織は、しばらくぽかんと杉下の顔を見つめていた。じわじわと鳥肌がたち、喜びとなって全身を覆う。

「結婚？　私と？」

「もう沙織さん以外、考えられない。お願いします」

杉下はもう一度うやうやしく箱を差し出すと、頭を下げた。

箱を受け取りながら、沙織はふとフロントグラスの方に視線を移し、ハッとした。目の前いっぱいに美しい夜景が広がっているではないか。そのとき、これまでのことがようやく理解できた。杉下は、ロマンチックな場所でプロポーズをするつもりで、一生懸命車を走らせていたのだ。怖いくらいの横顔をしていたのも、今なら納得がいく。彼は緊張していたのだろう。それなのに私ったら――。

「ごめんね」

ぽつりと言うと、杉下が泣きそうな顔をあげた。

「〝ごめん〟？　どうして？　僕じゃダメなの？」

「あ、違うの。もちろんオーケーよ。私も、あなた以外考えられない」

「本当？　ああ、よかった!!」

杉下が沙織を抱きしめる。温かい腕の中で、沙織は幸せを噛《か》みしめていた。やっと巡り合えた。私の、生涯の伴侶。この人と二人で、温かな家庭を築いていくんだ――。

「プレゼント、開けてもいい？」

「もちろん。気に入るといいんだけど」

沙織は銀色のラッピングペーパーを開ける。まったく、これを凶器だと勘違いするなんて。指輪にしては少々大きな箱を開けてみると、ネックレスが入っていた。指輪じゃないのか、と少しガッカリしたが、トップの石の輝きが見事で、思わずため息が漏れた。

「これ……ダイヤモンド？」

沙織はネックレスを手に取り、つくづく眺めた。鎖の先に、一カラット以上ありそうな石が揺れている。

「うん、出張先で見つけたんだ。似合うと思って。どうかな。こういうの選ぶの得意じゃないから……」

おずおずと沙織の顔色をうかがう杉下が、たまらなく愛おしい。

「こんなに素敵なプレゼントは初めてよ」沙織は優しく言って、杉下に口づける。

「さっそくつけて見せてよ」

ネックレスを沙織の手から受け取ると、杉下は沙織の首元に鎖を這わせた。

杉下が鎖を留めようとしている間、沙織は胸元で揺れる輝きにうっとりしていた。

こんな大きなダイヤモンド、母だって、友達だって持っていない。さぞかし高価だっただろう。こんなにも私は愛されているのだ。つい三か月前まではフラれて惨めだったのに、こんなに幸せになれるなんて。

「――っ！」

突然、首に鎖が食い込んだ。息ができない！　沙織は夢中で杉下を突き飛ばした。

「何をするの!?」

沙織は激しく咳《せ》き込んだ。涙でにじんだ視界に杉下の顔があった。杉下は真っ青な表情をして、その両手に鎖を握りしめている。

「ご、ごめん。暗くて留め金がわからなくて。あちこち引っ張ってるうちに絡《から》まっちゃったみたいで……」

おどおどと謝りながら、杉下が沙織の背をさする。ぞわりと肌が粟立《あわだ》ち、思わず杉下の手を払った。杉下は一瞬苦い表情をしたが、すぐに取り繕ったような笑顔を見せると、

「次はちゃんとつけるから。さあ」

再びネックレスを沙織の首に近づけてきた。ひやりとした鎖の感触。杉下の大き

な手が怖い。車という二人きりの密室が怖い。杉下という男の存在自体が怖い。沙織の脳裏に三人の女性が浮かび上がる。片山逸子、山樹ゆかり、布川由美……杉下と関わり、そして死んだ女たち。きっと、このまま自分も――。

「やめて！」

沙織は杉下を押しのけた。はずみでネックレスが床に叩き落とされる。呆然としている杉下を、沙織は睨《にら》みつけた。

「私を家へ帰して！」

「え？　あ、で、でも」おどおどしながらも、杉下は不満げな声を出した。

「今日あなたに会うこと、母が知ってるわ。さっき公園で若い子たちが、あなたの車に私が乗り込むところも見てる。だからお願い、帰してよ！」

叫ぶように一気に言い放つ。杉下は一瞬ぽかんとしたが、すぐに暗い表情になって、エンジンをかけた。狭い場所で、杉下は何度も車を切り返し、やっと進行方向が麓《ふもと》に向いた時には、沙織の目からは安堵の涙が流れた。杉下がおかしな行動をしないよう、沙織はじっと運転席を凝視し続けた。杉下の表情はますます暗くなり、ただ無言でのろのろ車を走らせる。早く町へ出たい。早くうちに帰りたい。沙織はそれだけを願いながら、杉下を睨みつけていた。沙織の足元にはダイヤモンドが転がっていたが、もうそんなことはどうでもよくなっていた。


次の日、沙織は目を覚ました。

もう昼近い。太陽の光がカーテンの隙間《すきま》から差し込み、小鳥のさえずりが聞こえる。階下へ降りていくと、母親が昼食を作っているところだった。いつもの日常。まるで昨夜のことが嘘のようだ。けれども、あれは現実だった。沙織は、結婚を考えていた相手に殺されそうになったのだ……。

「あら起きたの。ずいぶん遅かったのね」

「うん……まあね」

「今日もデートなんでしょ？」母はウキウキと言う。母は杉下を気に入っているのだ。

「え？」ぎくりとする。「いや、会わない……と思う」

「やっぱりね」母親がしたり顔で頷《うなず》く。「ケンカしたんだ」

「ケンカ？」

「実は今朝、杉下さんがいらしたのよ」

「ええ!?」

「よくわかんないけど、昨日のことを謝りたいって。あんたを起こそうと思ったけど、出社前に寄ってみただけだからいいですって」

どういうつもりだろうか。

「話し合いたいから、六時にいつもの喫茶店で待ってるって。行ってあげたら?」

母は呑気《のんき》に野菜を切っている。母は知らないのだ。杉下の以前の恋人——結婚相談所で紹介された三人の女——がいずれも死亡していること。そして……昨日、沙織自身、殺されそうになったことを。

「いい。行かない」

そう言ったものの、このように明るい日差しの中、普通に過ごしていると、まるで昨日のことが嘘のように思えてくる。どうしてあんなに杉下が怖かったのだろう? 実際、殺すつもりであったなら、そのまま実行できたはずだ。いくら杉下と会うことを母が知っていて、目撃もされていると脅したところで、そんなことは最初から彼だって承知ではないか。もしかしたら、いろんな誤解が重なってしまっただけなのではないか。あの夜景は素晴らしかった。ネックレスも豪華だった。彼は不器用な人だ。その彼が、一生懸命考えてくれたサプライズだったのに。それによくよく考えてみたら、殺すつもりの人がネックレスを凶器になんて選ぶはずがない。もっと確実なもの——たとえばナイフやハンマーなど、いくらでも身近にあるのに。

「あんた本当に行かないの？　後悔するよ。杉下さんみたいな人、もう絶対いないからね」

母は野菜を切る手を止めて、沙織の前に身を乗り出していた。母の言うことはもっともだ。沙織も、昨晩のことを申し訳なく思い始めている。

けれども——。

どうしても、やはり引っかかる。

それはきっと、三人の女性が全員亡くなっていることに、どうしても彼が無関係とは思えないからだ。この疑惑が解消されない限り、沙織はきっと杉下を受け入れることはできないだろう。しかし、周囲は不幸な事故だと信じて疑ってもいない。問い合わせてみた警察も、新聞に載っている以上の情報は開示してくれなかった。三人の死亡の関連性を疑っているのは、沙織しかいないのだ。

――いや、待てよ。

沙織は食卓から立ち上がった。

「ちょっと出かけてくる！」

言うが早いか、沙織は急いで身支度を整え、玄関を飛び出していった。


沙織はバスに乗って、フェイトを目指していた。

井上に話を聞いてみようと思い立ったのだ。彼女なら、三人のことも知っている。それに彼女たちの死の前後の、さまざまないきさつも知っているに違いないのだ。

あと数分で終点に着くという頃から、雲行きが怪しくなってきた。晴れていたのに真っ黒な雲が空いっぱいに広がったかと思うと、あっという間にどしゃ降りになった。

全くツイてない。階段道のことを考えるとよっぽど訪ねるのはやめて電話で話を聞こうとも思ったが、内容が内容だけに、長くなることは予想ができた。それに、井上にはちゃんと会って話を聞きたかった。彼女は何か知っているのか、知っているとすればどんなことか――それらを、余すところなく、声色から、表情から、仕草から探りたかった。

終点で降りたのは沙織だけだった。そこからさらに歩き、二百段の階段を上る。常に晴雨兼用の傘を持ち歩いているのは幸いだったが、ハイヒールを履いてきたことが悔やまれた。井上との話次第では、杉下と夕方会うことになる。それを見越して、イタリア製の上等のハイヒールを選んだのだ。杉下をこんなに疑っているくせに、けれどもやはり井上にきっぱりと疑いを晴らしてもらうことを期待する女心からだった。

やっとの思いで辿りつき、インターホンを押す。カメラ付きドアホンに向かって名乗ると、タオルを持った井上が慌てて玄関を開けた。

「あらあら、まあまあ。こんなに濡《ぬ》れて。可哀想《かわいそう》に。入ってちょうだい」

濡れた靴を脱ぎ、ふかふかのスリッパに足を沈める。井上は沙織にソファを勧め、てきぱきと紅茶を用意した。

「突然いらっしゃるなんて、何かあったのかしら？」向かいに座った井上が、探るように沙織をのぞき込む。

「あの……杉下さんのことで」

沙織が言いかけると、井上は、「ああ！」と悲しげなため息を漏らした。

「どこがダメなの？　そりゃあ、あなたみたいな都会の人からすれば野暮《やぼ》ったいかもしれない。でも素朴でいいんじゃないかしら。年収だって、上を見ればキリがないけど、このご時世、悪くないと思うわ。お願いだから、もうちょっとお付き合いしてみない？」

井上は一気にまくし立て、哀願するようにテーブルに両手をついた。

「いえ、あの……」その剣幕に圧倒されそうになりながら、沙織は口を開く。「そうじゃなくて……杉下さんのことは大好きなんです」

「まあ、そうなの？　じゃあ何？」

「実は、彼の過去の女性のことで、ちょっと」

「女が怒鳴り込んできたの？」

「いえ、あの……お亡くなりになってますよね？　こちらで紹介された三人の方」

井上はしばらくきょとんとしていたが、すぐに大きく頷き、「ええ、片山さん、山樹さん、布川さんね。本当にお気の毒だったわぁ」と声を沈ませた。

「それで、その三人がどう関係あるのかしら？」

「え、だって不自然ですよね？　杉下さんに関係のある人三人が全員亡くなるのって」

「まさかと思うけど……杉下さんを疑っているの？」

「はい」

「そしてそれが、今日いらした理由？」

「ええ」

井上は俯いた。しばらくそのまま、じっとテーブルを見つめていた。――かと思うと、肩が震えだし、それはますます大きくなって全身を揺らし、ついに井上はそれに耐えきれず、ソファに倒れこんだ。

「あーっはっは！　沙織さんて想像力豊かな人！」

井上はソファに突っ伏して大笑いした後、涙をぬぐいながら起き上がった。今度は沙織がきょとんとする番である。

「あのねえ、いくら田舎だからって、ちゃんと警察も捜査するわよ。もちろん恋人だった杉下さんも事情は聞かれたけど、どの方が亡くなった時もアリバイがあったの」

「え！　そうなんですか？」

「ええ。しかも、家族と一緒にいた、とかそういう曖昧《あいまい》なアリバイじゃなくてね。確か片山さんの時は海外出張中。山樹さんの時はクライアントの前でプレゼン中。布川さんの時は……何だったかしら、ローカルテレビの会社訪問の番組で応対中とか、とにかく疑いようのない、完璧《かんぺき》なアリバイだったわけ。真っ先に容疑から外れたわよ」

「そうだったんですか……」

「それに、そんな疑わしいことがあればご遺族が黙っちゃいないでしょ？　どれも不幸な事故だって証明済みなのよ」

あっさりと疑惑は晴れてしまった。あっけない。悶々《もんもん》と悩んでいた自分がバカらしくて、思わず噴き出した。それにつられて、また井上が大笑いする。ひとしきり、互いの顔を見ながら笑い合った。

「ああ、もう、私ってバカみたい」

「今度こそ杉下さんと沙織さんがうまくいってくれないと困るわ。私に成功報酬が入らないじゃない」

打ち解けた気軽さから、井上がぶっちゃける。

「そうですね……あのう、成功報酬は、そろそろお支払いすることになるかもしれませんよ」

「あら本当に？」井上の声が弾む。

「実は、昨日プロポーズされたんです」

「まあ！」

「でも誤解が重なってケンカしちゃって。でも今日会ったら、仲直りします」

「そうね。そうしてちょうだい。ああ、おめでたい日だわ。ちょっと待ってて」

井上は席を外すと、しばらくしてトレイにロールケーキを載せて戻ってきた。

「今日は特別。お祝いね」

ぺろりと舌を出す。井上は鼻歌を歌いながらナイフを入れる。しかし井上が自分の皿に切り分けた分量は、沙織のものに比べて半分ほどしかない。

「あ……私だけ大きいの頂いちゃって」

「いいのいいの。ダイエット中だから」

井上は丸々とした指を口元にあてて、ころころと笑う。

「そうなんですか？」

「漢方とかいろいろ試してるんだけど、甘いものが好きだからなかなかねー」

そう言いながらケーキをほおばる井上は、沙織の目にはチャーミングに見える。

「井上さんはご結婚なさってるんですか？」

「うふふ、こういう商売してナンなんだけど、実は独身。私、沙織さんと同じ歳《とし》なの」

「あれ、そうだったんですか」

「太ってるともっと老けて見えるでしょ？」

「いえ、そんな……」と否定したものの、てっきり五十代のおばさんだと思い込んでいた。

「いいのいいの。この仕事は貫禄ある方が信用されるから」

そう言いながら、またころころ笑う。同年代でこうしてビジネスを立ち上げ成功させていることに、同じ女性として沙織は感心した。確かに、人に安心感を与える雰囲気を持っているからこその成功かもしれない。

「あら、雨も小降りになってきたみたいよ」

窓の外を見ると、うっすらと空が明るくなっている。

「杉下さんと待ち合わせよね？　何時にどちら？」

十八時に駅前の喫茶店だと告げると、井上は壁時計を見た。十六時半を指している。

「まだ杉下さんは会社だろうけど、小降りなうちに向かった方がいいわ。今日プロポーズの返事をするんでしょ？」

ウキウキした井上に急《せ》きたてられ、沙織は玄関に向かった。ハイヒールの中には、いつの間にか湿気を吸い取る中敷きが詰められている。こまやかな心遣いに、沙織の心は温まった。

プロポーズの返事をしたらすぐ婚約報告をしに来ると約束して、沙織は事務所を出た。ぬかるみにヒールを取られながら、やっと階段まで辿りつく。三十分に一本しかないバスを逃したら大変だ。沙織は急いでコンクリートの階段を駆け下りていく。

その時だった。体を押され、二百段階段をまっさかさまに転がり落ちた。頭と体を何度も何度もコンクリートに叩き付けられる。ぐるぐる回る視界の遠くに、黒い人影が見えた。

──杉下さんだ……。

杉下はずっと沙織を見張っていたのか。やはり全《すべ》てが彼の仕業だったに違いない。沙織が疑い始めたことを知って、急いで仕留めにやってきたのだろう。

朦朧《もうろう》とする意識の中、再び人影が視界に入る。

──いや、違う。杉下さんじゃない。

あれは……あの人は……。

沙織の体が階段の下に投げ出される。急激に寒気がしたかと思うと、何も見えなくなり、そこで意識は途絶えた。


──やった、やった、これでまた一人片付いた。

井上は二百段階段の上の方から、血だまりの中に倒れている沙織を満足げに見下ろしていた。雨の日にあんなハイヒールでこの階段を上り下りするなんて、自殺行為だ。頭がぱっくりと割れている。ちょっと押すだけで楽勝だった。

──あんな女に圭司さんを取られるなんて、冗談じゃないわ。

井上はふんと鼻を鳴らした。

愛しい愛しい圭司。初めて彼が相談所にやってきた時から愛してしまった。他の女と結婚するなんて、絶対に許せない。けれども、女性を紹介しないわけにはいかない。だって退会されたら、会えなくなってしまうから。

だから好きそうな女性を見つけてきては、紹介する。そして、プロポーズをされたと聞いたら始末する。大丈夫。証拠は残さない。一人目の時は、暗い夜道で車道に突き飛ばした。二人目は家庭拝見と称して部屋を訪れ、酒を飲ませて眠らせてから、輪っかにしたタオルに首を入れてドアノブに引っ掛けておいた。三人目は海水浴場で偶然会ったふりをして、人気のないところで頭を押さえつけて溺れさせた。

そして今回の女、吉本沙織。

もうプロポーズをされたというので驚いた。おかげで、始末を急がなくちゃならなくなった。さすがにすぐに四人目が死んでは自分にも不審の目が向けられかねないから、できるだけ長い間付き合ってもらいたかったのに、仕方がない。ケーキを取りに行った時、こっそりハイヒールの踵《かかと》を緩めておいた。ぬかった泥がたっぷりついた靴底に、緩んだヒール。事故ということで片付くだろう。実際、自分が押さなくても、きっと転がり落ちていた。

ああ、それにしてもなんという達成感だろう。無意識に鼻歌が漏れる。

待っていてね、圭司さん。あたし、もうすぐあなた好みの女になる。この三年間、目を二重にし、鼻にプロテーゼを入れ、エラの骨を削った。あとはもう痩《や》せるだけ。ダイエット、いい加減に成功させなくちゃね。でないと何人殺しても間に合わない。せめてあと二人……ううん、あと一人紹介するまでに二十キロ落とそう。

だから早くあたしの気持ちに気づいて。すべてはあなたのためよ。あなたと、あたしの未来のためなの。

「さあ、また新しいお相手を探さなくちゃね」

彼女は歌うように独りごちながら、事務所のドアを開けた。

婚活マニュアル

満員電車に揺られながら、ふと洋介《ようすけ》は周囲を見回してみた。

禿《は》げた男、太って脂ギッシュな男、ブサイク芸人にそっくりな男……恐らく、殆《ほとん》どの女性から「生理的にありえない」と拒否されそうな中高年が大勢いる。しかも容姿が残念なだけではなく、身に着けているスーツや靴、腕時計などから、経済的にも裕福だとは思えない。

そんな彼らの多くが、左手の薬指に指輪を光らせている。この男たちと生涯を添い遂げたいと望んだ女性がいて、そしてその女性にとってかけがえのない存在なのだと想像すると、洋介の胸はじんわりと熱くなった。

平日の夕方、電車の中で黒スーツに黒ネクタイを締めているのは洋介だけだ。高校の同級生の葬儀があり、その帰りである。

三十歳で独身だった友人は、自宅マンションで脳溢血《のういっけつ》で倒れ、そのまま亡くなった。しかし半年間、彼の死に誰一人気づかなかった。フリーのカメラマンだった彼は毎日出勤するわけではないし、周囲は彼が撮影旅行に行っていると考えていたらしい。両親は他界し、恋人もいなかった。自動引き落としの口座の金が尽き、家賃が滞って初めて不動産屋が彼を訪ねた。そして部屋がこじ開けられた時には、既にミイラ化していたという。

孤独死なんて、老人だけのものだと思い込んでいた。だが洋介は、それが働き盛りの同年代にも起こりうることを目の当たりにしてしまったのだ。

もしも彼が結婚していたら、すぐに救急車を呼んでもらえた。きっと死なずに済んだ――。

そう考えると、独身で一人暮らしの洋介には他人事《ひとごと》と思えなかった。そして葬儀が終わる頃には、誰かと人生を分かち合いたい、早く家庭を持ちたいと、切実に願うようになっていたのである。

洋介は婚活をしようと思い立った。しかし、具体的にどうすればよいかわからない。

身長、百七十三センチ。体重六十七キロ――決して悪くないと自分では思う。顔も醜くないはずだ。男子校出身で、大学も女子の少ない理系学部に進んだ洋介は、奥手な部類だった。これまでにちゃんと付き合った女性は三人しかいない。それも、相手が近づいてくれたから付き合っただけで、自分からアプローチしたことは皆無だ。身近で探そうにも、プログラマーとして働く今の職場で出会いはない。もともと少人数な上に、女性は既婚者ばかりである。

だから自然に、書店で婚活のマニュアル本を手に取っていた。受験でも就職でも、参考書やマニュアルに頼ってきた世代である。何でもいいから、とにかく指針が欲しかったのだ。

自宅に戻り、早速目次を開く。「相手の選び方」「会話の仕方」などいろいろあるが、まずは「出逢《であ》いの求め方」だ。

結婚相談所は入会金などの初期費用がかかるが、やはり信用があるようだ。恋愛サイトは手軽なものの、相手が見えないという不安が残る。オーソドックスな見合いや合コンなど、いろいろな出会い方のメリット・デメリットがわかりやすく説明されていた。ページをめくる洋介の手が、ふと止まる。

街コン。

合コンが自分たちで人数を集めないといけないのに対し、街コンには主催者がいて人を集めてくれる。店探しもしなくていい。合コンとパーティの良いとこ取り――そう書いてあった。

興味を持って、洋介はＰＣで街コンを検索してみた。

二十代限定、平成生まれ限定、アラサー限定……企画もいろいろ、主催する業者もさまざまだ。あれこれ見ているうちに、「初参加者にもおススメ　ＢＢＱコンパ」という文字が目に入った。バーベキューをしながら理想の相手を探す、という企画らしい。居酒屋やレストランなどで会うのと違って、屋外で開放感もあり、野菜を切ったり肉を焼いたりしているうちに会話が弾む――とお勧めポイントに書いてある。

確かにレストランで向かい合ったまま、会話が途切れたら悲惨だ。その点、バーベキューだとある程度は盛り上がれるだろう。

早速ネット経由で申し込むことにした。男性参加費七千五百円。もし出会いがなくてもバーベキューをしたことで満足すればいいと考えながら、クレジットカードの決済を済ませた。

当日は、秋晴れで気持ちの良いバーベキュー日和《びより》だった。会場であるＢＢＱパークへと向かう。

婚活本で読んだ通り、ちゃんと散髪をし、無精ひげをそり、爪《つめ》を短く切っておいた。第一印象は清潔感が大事なのだ。

パーク内は広く、すでに家族連れなどがバーベキューを始めている。洋介はピンクの旗を持ったスタッフを見つけて受付してもらった。

「くじを引いて、テーブルを決めてください」

スタッフに言われて引いたくじには、⑤と書かれてあった。

五番テーブルに行ったものの、まだ誰も来ていない。辺りを見回すと、テーブルは六番まで。置かれた紙皿の数から、どうやら一卓につき四名らしい。ということは、二十四名の参加ということか。他のテーブルには既に数名が座っていて、自己紹介を始めている。

――どんな子が来るんだろう。

今更ながら、緊張してきた。洋介はテーブルの脇に置かれたクーラーボックスの中から缶ビールを取り出し、プルタブを開けた。

「五番はここですよね？　今日は宜《よろ》しくお願いします」

一口飲みかけた途端、背後から可愛《かわい》らしい声が聞こえた。慌てて口元をぬぐいながら振り向くと、白い帽子にジーンズ姿の女性が立っている。色白でスタイルがよく、顔はかなりの美人だった。

「あの……座っても？」

呆然《ぼうぜん》と見惚《みと》れるばかりの洋介に、彼女は小首を傾《かし》げた。

「は、はい、どうぞどうぞ。何か飲みますか？」洋介はうわずった声で向かいの席を勧めながら、クーラーボックスを開く。「ビール、チューハイ、カクテル、ソフトドリンク……なんでもあるみたいです」

「そうね……わたしはカクテルにしようかな。靖子《やすこ》さんは？」

「うーん、じゃあビール」

そのやりとりを聞いて、おや、と洋介は顔を上げた。白い帽子の美女にばかり気を取られて、もう一人いたことに気づかなかった。しかし残念ながら、お世辞にも可愛いとは言えない。体形はぽっちゃりとデブの、ビミョーな境目。可哀想《かわいそう》だが、白い帽子の美女の引き立て役になってしまっている。

「僕、矢部《やべ》っていいます。矢部洋介です」

「上原愛奈《うえはらあいな》です」白い帽子が会釈した。

「田淵《たぶち》靖子です」引き立て役が名乗った。タブチのブが耳に残って、ついブス子に聞こえてしまうところも気の毒だった。

「お友達同士で参加してるんですか？」

カクテルとビールの缶をそれぞれに手渡しながら、洋介は聞いた。自然に話しかけていることに、自分で驚いていた。ひとえに、愛奈と仲良くなりたい一心からだ。

「友達というか、靖子さんは職場の先輩なんです」

「そうなんですか。ちなみに職場って？」

「わたしたち、ナースです」

靖子が答える。君に聞いてないよと心の中で突っ込みつつも、頭の中では愛奈の制服姿を思い描いてしまう。

頰《ほお》がほころびそうになった時、五番テーブル最後の参加者がやってきた。ちょっとサーファーっぽい、チャラい雰囲気の男性は、高木《たかぎ》と名乗った。高木は愛奈と靖子をさっと見比べたあと、視線を愛奈にロックオンする。彼が愛奈に狙いを定めたのは明らかだった。

「えー、皆さん揃《そろ》いましたでしょうか」

マイクを通した司会者の声が聞こえてくる。

「開始から四十分はテーブルを移動できませんが、それ以降はフリータイムです。バーベキューを思い切り楽しんでください。ではかんぱーい」

音頭と共に、あちこちで缶を当てる音がする。一番から六番テーブルを眺めてみるが、愛奈がダントツで可愛いのは間違いない。

――お目当ての女子を見つけたら、積極的に行動すべし。

マニュアルを思い出しながら、洋介は缶ビールを握りしめた。


「愛奈ちゃんはどこに住んでるの？」

「愛奈ちゃんはどんな音楽聴くの？」

「愛奈ちゃんはイタリア料理って好き？　良い店知ってるんだけど」

四人で調理場に移動し、野菜を洗い始めた途端、高木があからさまに愛奈にモーションをかけ始めた。積極的に行動しようと決意したものの、やはりビギナーには難しい。先手を打たれてしまったことを悔やみつつ、洋介は靖子に話しかけた。美女にもブスにも分け隔てなく接するのがマナーだと書いてあったからだ。

「看護師さんって、大変なお仕事ですよね」

「ええ、まあ」

靖子は愛想よく頷《うなず》く。

「もう何年くらいやってるんですか？」

「わたしは高校から看護科で、二十歳《はたち》の時に看護師になりました。今年三十歳だから、ちょうど十年ですね」

靖子の話にふんふんと相槌《あいづち》を打ちながらも、耳は愛奈の声を追っている。住まいは港区《みなと》、音楽はショパンのピアノ曲をよく聴く、イタリア料理は好きだが、自分で作る方が好きなので外食はあまりしない――。

ますますいいな、愛奈ちゃんって。

港区の彼女の部屋で、ショパンのＣＤを流しながら、彼女が作ってくれたイタリア料理を食べることができたらどんなに素敵だろう。

「だけど看護師の十年なんて、本当にまだまだです。患者さんから毎日学ぶことばかり。ひと通りの処置はできるようになりましたが、もっともっと技術を磨かないとって反省ばかりです」

妄想に浸っている洋介の頭を、靖子の言葉が素通りしていく。

「矢部さんは理系なんですよね。プログラマーってどんなことをするんですか」

何やら靖子が聞いているが、洋介はそれどころではなかった。高木の立ち位置が、愛奈に近すぎる。どうやったら引き離せるだろうかと、イライラしていたのだ。

「矢部さん?」

靖子の声で、ハッと我に返る。

「ごめん、何だっけ」

「お仕事の内容です」

「ああ、それはね――」

適当に話しながらも、どうしても高木と愛奈が気になってしまう。

「あのう」

野菜を洗い終わると、愛奈が口を開いた。

「調理場は狭いですし、包丁も二つしかないので、靖子さんと二人で野菜を切った方が早いと思います。男性二人は火をおこしておいていただけますか？」

「了解」高木が、ちょっと残念そうな顔をした。「矢部君、行こうか」

「はい」

高木と二人でテーブルに戻る。

「いやー、愛奈ちゃん、マジで可愛いよなあ。まだ二十八かあ」

乾杯の後に交換した自己紹介カードを読み直しながら、高木が馴《な》れた手つきで炭火をおこし始める。

「俺、いろんな婚活パーティに顔を出してきたけど、あんなにレベルの高い子っていないよ」

「高木さんは、婚活歴長いんですか？」

「そろそろ一年かな。なかなか縁がなくてね」

赤くなってきた炭をふーふー吹きながら、高木がぼやく。見た目は少々チャラいが、ルックスは悪くない。

「高木さんなら、普通に女性が寄ってきそうですけどね」

素直に洋介が言うと、高木は首を横に振った。

「ぶっちゃけ、モテないわけじゃなかったよ。でも周りがどんどん結婚しちゃって、気がついたら俺だけ余ってた。遊び人だったから、警戒されてたってのもあるんだろうな。そりゃ、今でもノリでナンパすることはあるよ。だけどホイホイついてくるような女とは結婚したくないだろ？　そこが矛盾してんだけどさ。とにかく、一応真剣に婚活やってるわけ」

「そうだったんですか」

「俺から見たら、矢部君だってイイ線いってるよ」

「僕が？　まさか」

「だって君、年収五百万円でしょ。このご時世、ハイスペック男子のカテゴリーに入るんだよ」

「五百万円で、ですか？」

洋介は驚いた。気ままな独身でも、決して余裕があるとは言えない額面なのに。

「ほとんどの婚活サイトでは、医者や弁護士はもちろん、公務員や年収五百万円以上でもハイスペックってことになってる」

「へえ……」

「ちょっと服がダサいけど、ルックスもまあまあだしね。周りの男、見てみなよ。オタクっぽいのが多いだろ？」

　確かに男性陣は、男の目から見てもモテオーラのない人ばかりだ。不潔っぽい人、アイドルのTシャツを着ている人、アニメの話ばかりしている人、下ネタ連発の人――。

「ぶっちゃけ、女子のレベルも高くねーしな。会場入りした時は、マジで萎《な》えたわ。特に、あのブス子な」

　鶏肉を鉄板に置きながら、高木が言う。ブス子というのが靖子を指しているのは明らかだ。その身も蓋《ふた》もない言い方にギクリとして、思わず高木を正面から見る。

「なに？　ひっでー男だなって思ってる？」

　からかうように、高木が聞いた。

「え、いや」

「でもさ、矢部君も心では思ってんだろ？　思ってないわけないんだよ」

　そうだ。自分だって確かに、心の中でかなりひどいことを考えていた。高木のように口にしないだけで。

「でも愛奈ちゃんが参加してるから、全《すべ》てオーライ。まさに掃《は》き溜《だ》めに鶴《つる》。俺、あの子狙いで行く。矢部君もそうだろ？」

「ええ、まあ」

「やっぱな」

鶏肉を置き終わると、高木は缶チューハイを開けた。

「じゃあ、矢部君と俺はライバルだな」

高木はにやりと笑った。


女性二人が戻ってくると、高木はすかさず愛奈の隣に座り、話しかけていた。堂々と宣戦布告されてしまったこともあり、洋介は割り込みづらい。また靖子と話そうとしたが、「あ、研いだお米、忘れてきちゃった」と慌てたように洗い場に戻ってしまった。手持ち無沙汰《ぶさた》になり、洋介は野菜を鉄板に黙々と並べる。

並べながら、野菜がとても丁寧に切られていることに気がついた。大きさが揃っていて、火の通りにくいものは薄くスライスしてあるし、しいたけには十字の切りこみが入っている。まじまじと見ていると、「あんまり見ないでください。包丁が切れなくて、いつもより雑になっちゃったの」と恥ずかしそうに愛奈が言った。

「いや、焼きやすいように切ってくれてるなって思って」

「そうですか？　だったら良かったです」

「これ、愛奈ちゃんが？」

「ええ」

さすが料理好きだと話していただけある。洋介は感心した。

「いつか食べてみたいなあ、愛奈ちゃんの手料理」

軽いノリで、高木が愛奈の肩に手をかける。

あ、あれ、ＮＧなのに。

初対面でのボディタッチは基本的に厳禁だと、マニュアル本に書いてあった。案の定、愛奈は「やだー高木さんたら」とさりげなく高木の手を肩から払っている。

だけど、高木も彼なりに真剣で、愛奈とカップルになろうと頑張っているのだろう。洋介も負けていられない。ここからは、マニュアルを思い出しながら、ツボを押さえて行動するべきだ。

「すみませーん。お待たせしました」

靖子がザルに入った米を持って戻ってきた。ぽてぽてとした走り方。その体形のせいか、なんとなく愚鈍でガサツな印象を受けてしまう。時々乱雑に切られた野菜があるが、きっと靖子によるものだろう。

「大丈夫だよ。靖子さんも座って。そろそろ鶏肉も焼けるから」

洋介はにこやかに言い、靖子に席を勧める。またしても博愛のマナーだ。また、積極的に料理を取り分けるのも好印象だと書いてあったので、焼けた肉や野菜を、みんなの皿に盛っていく。

「全部やっていただいて、すみません」

気遣う愛奈に、

「いやいや、火をおこしてくれたのも、鶏肉を焼いてくれたのも、高木さんなんで」

と返しておく。男性参加者が、どんな女子人脈を持っているかわからない。だから今後のためにも礼儀正しく接して味方につけておくべし、とマニュアル本に書かれていた。効果があったのか、高木が「律儀な男だね、矢部君は」と嬉《うれ》しそうに笑った。

　フリータイムに入った途端、予想通り男性が五番テーブルに殺到した。もちろん愛奈狙いである。けれども高木も洋介も意地でもベンチから動かず、高木は愛奈の隣の席を、洋介は向かいの席を死守していた。とはいえ、男たちから矢継ぎ早に質問攻めにされているため、ほとんど愛奈とは話せない。仕方なく、ひとりで缶チューハイを啜《すす》っている靖子から愛奈の情報収集をすることにする。

「愛奈ちゃんは、職場ではどんな感じなの？」

「明るくて人当たりが良くて、とっても好かれてますよ」

　靖子はにこにこと答える。

「このパーティに来てるってことは、愛奈ちゃんは彼氏がいないんだよね？」

「そうですね」

「真剣に結婚相手を探してるのかな」

「うーん、まあ正直なところ、わたしが強引に誘ったっていうのはあるんですけど……」

「え、そうなの？」

「はい」靖子ははにかんだ。「こういうのって、参加するの勇気が要るじゃないですか？　だからついてきてもらったんです」

「そっか……」

それなら、こんな美女が婚活イベントにやってきたことも納得がいく。

「愛奈は優しいから、嫌がらずに来てくれたんです。他の後輩には、頼みにくくって」

洋介は、靖子にアドバイスをしてやりたくなった。美人を誘ったのは大失敗だったよと。しかしもちろん言えるはずもなく、ただ「そっか」と頷いた。それにしても、わざわざ休日に先輩の婚活に付き合ってやるなんて、愛奈は確かに優しい。

「でも、やっぱり愛奈には面倒だったかな。どこに行っても、困るほどモテちゃうから」

大勢の男性に囲まれて応対に追われている愛奈を見ながら、靖子はおっとりと言った。のんびりとした性格なのだろう。だから自分が引き立て役になっていることに気がつかないのかもしれない。

「靖子さん。ご飯もの、作っちゃいませんか」

辟易《へきえき》したのか、男性陣を振り払うように愛奈が立ち上がった。

「すみません、わたしたち料理を終わらせちゃうんで、場所を空けてくださいね」

愛奈が男たちに言う。実質上の、他のテーブルへ行ってください宣言だ。男たちはしぶしぶと散り、それでも去り際に「これ、俺のラインのＩＤ」とメモを渡していく者もいた。

「そうね。作っちゃおうか」

靖子も立ち上がる。そしてふたりで、残った野菜や肉を鉄板の上にのせ始めた。

「あれ、また焼くんですか？　ご飯ものは？」

他のグループは飯盒《はんごう》で飯を炊いて定番のカレーを作っていたので、再び鉄板を使うのが不思議だった。

「できてからのお楽しみです」

うふふ、と愛奈が悪戯《いたずら》っぽく笑う。そんな表情も、とびきりキュートだった。

「あら、飲み物が無くなっちゃいましたね。主催者さんからもらってきてくれませんか？」

愛奈の頼みに、高木と洋介はすぐに席を立った。

「愛奈ちゃん、他の男に興味を持たなかったみたいだね。これは矢部君と俺の一騎打ちになりそうだな」

高木が真面目《まじめ》な表情で呟《つぶや》く。バーベキューも終盤にさしかかっている。あと少しで、勝負はついてしまうのだ。

クーラーボックスに飲み物と氷を補充してもらい、テーブルに戻った。鉄板は、アルミホイルでカバーされている。ますます何を作っているのか謎だ。

「二十分くらい待たなくちゃいけないんです」

靖子が言った。待つ間、四人であれこれ喋《しゃべ》った。他のテーブルの男たちが、羨《うらや》ましそうに見ている。五番テーブルを引き当てた自分を、褒めてやりたかった。

「そろそろいいかな」

愛奈がアルミホイルのカバーを外す。鉄板には黄色く染まったごはんが広がり、その上にピーマンやナス、トマト、肉、海老《えび》などがのっていた。香ばしい香りと見た目のカラフルさが、食欲をそそる。

「すごい、これ何？」

洋介の問いに、愛奈が答えた。

「パエリアです。残り物でできちゃうんです。意外と簡単なんですよ。ね？」

愛奈が言うと、靖子も「はい」と頷く。

「でも、どうやって米に色を付けたの？　まさかサフランを持ってきてた？」

料理に詳しいのか、高木が聞く。

「まさか。これで代用したんです」

愛奈は笑いながら、ウコン茶の小瓶をクーラーボックスから出してみせる。

「ウコンの別名はターメリック、カレーのスパイスだから」

「へえー。愛奈ちゃんは機転が利くんだね」

高木が感心したように、口笛を吹いた。

「さあ食べてください。美味《おい》しいですよ」

靖子が紙皿にパエリアをよそってくれた。早速ひと口食べてみる。

「――美味《うま》い！」

高木と洋介の声が重なった。

「ほんとですか？　よかった」

愛奈が、胸の前で小さく拍手する。

すごいな、この子。

若いのに料理上手だし、頭の回転も速い。それに明るくて、優しくて、何より一緒にいて楽しい。

——カップルになれたらいいな。

外見も内面も魅力的な愛奈に、洋介は完全に惚《ほ》れてしまったのだ。


フリータイムが終わった後、カップリングカードに気に入った人の名前と、伝えたいメッセージを書いて主催者に渡す。もしも両想《おも》いになれば発表されるというシステムだった。

洋介は当然、愛奈の名前を書いた。そして、あくまでも内面に惹《ひ》かれたことを強調したメッセージを添えておいた。

「えー、それではカップルになった方を発表させていただきます！　なんと四組誕生いたしました！」

名前を呼ばれた男女が、拍手の中、主催者の隣に立つ。一組目、二組目、三組目……一向に洋介は呼ばれなかった。

やっぱダメに決まってるよな——

諦《あきら》めかけた瞬間、「矢部洋介さま、上原愛奈さま、おめでとうございます！」という声が響き渡り、拍手が起こった。信じられなかった。慌てて立ち上がり、前に進み出る。隣に、恥ずかしそうに頰を染めた愛奈が立った。

「愛奈さんから矢部さんへのメッセージです。『誰にでも気を配れる姿に好感を持ちました』ということだそうです。改めておめでとうございます！」

高木の悔しそうな顔が目に入った。彼より一歩でもリードできたのは、ひとえに洋介がマニュアル本の教えを忠実に守ったからだろう。

拍手に包まれながら、洋介は快哉《かいさい》を叫びたい気分だった。

浮かれてばかりもいられない。初デートこそが本当の意味での勝負なのだ。店選びにも、もちろんマニュアル本を参考にすることにした。

選ぶポイントは、騒々しくないこと、またテーブル間隔が近すぎない店であること。これは相手の話をゆっくりと聞けるように、かつ、他人の耳を気にしなくていいようにということらしい。いろいろと考えた結果、ちょっと奮発して銀座のフレンチにした。もちろん予約を取り、待ち合わせ場所からの道順を叩《たた》きこんでおくことも忘れない。

「わあ、素敵なお店」

レストランに足を踏み入れた愛奈は、店内をうっとりと見回した。今日は髪をアップにし、清楚《せいそ》なワンピースを着ている。どの女性客よりも品があって美しく、洋介は誇らしかった。

シャンパンを飲みながら、話をした。最近観《み》た映画のこと、感激した本のこと——言葉の端々に、可愛らしさがにじみ出る。ますます愛奈への想いが膨らんでゆくのを、洋介は実感していた。

会計の段階になると、愛奈が「ご馳走《ちそう》になっては悪いわ」と気遣いを見せる。想像通り奥ゆかしい女性であることに喜びつつも、洋介は用意していた台詞《せりふ》を述べた。

「洋服に化粧品、アクセサリー……女性は既に、元手をかけて来てくれてるからね。男はせめて、食事をご馳走させてもらわないと」

マニュアルにあった台詞である。一方的に奢《おご》ると、下心があるのではと勘繰られることもある。そこをスマートに、かつ押しつけがましくなく支払うテクニックだった。

「でも、こんなに高級なお店なのに」

優しい愛奈は、さらに遠慮する。そういう時のために、別の台詞も暗記してあった。

「それなら、このあとコーヒーでもご馳走してくれないかな」

相手に余計な気を遣わせなくてすみ、かつ長く一緒にいられる一石二鳥の台詞だった。しかし愛奈は、

「ごめんなさい。明日早番で四時起きだから、すぐに帰らなくちゃならないの」

と申し訳なさそうな顔をする。

「ああ、いいんだ。一緒に夕食を食べられただけで嬉しいから」

洋介が慌ててフォローすると、愛奈は「ご馳走になってしまってスミマセン」と頭を下げた。

――真面目な子なんだな。美人なのに、すれてない。

洋介は嬉しくなった。

レストランを出て、地下鉄の改札口で別れる。名残惜しくて愛奈の姿が見えなくなるまで立っていたが、彼女は振り向かずに階段を下りていった。ちょっと寂しいなと思いつつ、洋介はＪＲ駅に向かう。と、すぐに胸ポケットのスマートフォンが震えた。

『今日は本当に楽しかったです。また誘ってくださいね　愛奈』

ホームで自撮りしたのだろう、ピースサインをした画像が添付されている。そそくさと階段を下りていったのは、メールを打つためだったのか。

洋介は、思わずスマートフォンを胸に当てた。初デートを成功させた手ごたえに、目が潤みそうになった。

それからは、週に二度のペースでデートをした。会う度に楽しくて、ますます愛奈のことを好きになっていく。

ただ、愛奈の休みが不定期なので、会うのは平日の夜、しかも数時間だけというのが多い。一緒に食事をして、お茶もせずに別れる。「夜勤が続いて寝てないんです」と、いつも疲れた顔をしていた。

だからせめて食事を楽しんでほしいと、洋介は一生懸命良い店を選んでは連れていくのだった。当然ながら上級の店はそれなりに値が張るが、愛奈を喜ばせたい一心で、洋介は背伸びを続けた。

けれども、やはり食事だけのデートは味気ない。たまには、デートらしいデートがしたい。だから思い切ってメールで押してみた。

『いつも食事だけだと寂しいな。遅くなるのがダメなら、少し早めに待ち合わせしない？』

警戒されないように、そう書いてみる。すると、

「じゃあ来週は食事の前に、ショッピングでもどうかしら。五時に表参道でね」

と返信が来た。愛奈と表参道を歩く――想像するだけで心は弾んだ。

デート当日、いつもより愛奈はお洒落《しゃれ》して来てくれた。陽《ひ》の落ちかけた表参道は既にライトアップされ、ロマンチックなムードに溢《あふ》れている。

愛奈は次々とブティックを見て楽しんでいた。正直、買い物に付き合うことは退屈極まりなく、男にとっては苦行である。しかしマニュアルに「文句を言わず付き合うべし」と書いてあるので、洋介はただニコニコして一緒に歩いた。

愛奈はルイ・ヴィトンの店に入った。高級ブランドの店など、洋介は足を踏み入れたことはない。気後れしながらも、ショーケースを見ている愛奈に付き添う。

「ねえ、これどう思う?」

愛奈が、凝った金属細工のブレスレットをはめて見せた。華奢《きゃしゃ》で色白の手首に良く映えている。

「よく似合ってるよ」

「そう?　じゃあこれください」

彼女が告げると、女性店員がにこやかに「二十万六千二百八十円になります」と答えた。

すごいな、女の子って腕輪ひとつに二十万も払うんだ、と他人事のようにぼんやり聞いていると、愛奈は財布を出そうとせず、ただじっと洋介を見つめている。その時に初めて、プレゼントすることを期待されているのだと気がついた。

冷や汗が出る。

断りたかったが、愛奈の愛くるしい瞳が、洋介に向かってまたたいている。こっそりと周囲を窺《うかが》ってみた。女が選び、男が支払うという光景が、あちこちで見受けられる。

仕方がない。

貯金が三百万ほどある。結婚資金の一部だと思って買ってやればいい――。

一大決心をして、クレジットカードを出した。ところが普段使いのカードは頻繁な高級レストランでの外食で限度額に達していたのか、通らない。慌ててもう一枚のカードを出す。ほんの少し、愛奈の顔にあきれた色が浮かんだ。しかしヴィトンのロゴ入りの箱とリボンでラッピングされた商品を受け取ると、すぐに「洋介さん、有難う！」ときらきらした微笑を弾《はじ》けさせる。

この笑顔を見られただけで、いいんだ。うん。

大金を一度に使ったことで、若干ハイになっていた洋介は思った。それに、こんなものを恋人に買ってやれる自分に酔ってもいた。

それが大きな過ちだとは、婚活初心者の洋介には知る由もなかった。

この日を境に、要求は次第にエスカレートしていった。プラダの服が欲しい、シャネルの靴を履いてみたい、ディオールの財布が使いやすそう……。

嫌われたくない一心で、洋介はできるだけ要望に応えていく。けれども合計金額が百万円に届く頃、さすがに限界を感じ始めた。

愛奈とは、金銭感覚が合わないのかもしれない。これは結婚を考える際に、致命的ではないだろうか——？

ふと、既に暗記するほど読み込んでいるマニュアル本の一文が頭に浮かんだ。

「いくら美人でも、男に頻繁に散財させる女は結婚候補にしてはいけない。そもそも、その時点でその女性はあなたを結婚相手として見ていない」

そういえば、洋介が食事代を支払うことに愛奈が気遣いを見せたのは、最初の二回だけだった。最近ではご馳走さまの一言もない。もちろんお礼のメールもなく、来るのは「次は◎◎に行きたい」というリクエストだけ。しかも、少し店のランクを落とした時など、怒ってプイと帰ってしまった。

それでも、洋介は愛奈を手放すことなど考えられなくなっていた。街中で、男たちが洋介に向ける羨ましそうな眼差《まなざ》し。特別イケメンでも、高給取りでもない洋介には、こんなに美しい彼女はこの先一生できないだろう。何が何でも繋《つな》ぎとめておかなくてはならないのだ。

金がかかろうが、男たる者、やはり愛奈のような美女を着飾らせて連れて歩きたい。それこそがステイタスだ。結婚すればきっと、浪費も収まる――。

無理やりそう言い聞かせ、洋介は初めてマニュアルを無視することに決めたのだった。

「ねえ洋介さん、クリスマスなんだけど」

三ツ星のついたスペイン料理を食べながら、愛奈が切り出した。クリスマスという響きに、いやでも期待が高まる。

「毎年、ナース仲間とパーティをするの。洋介さんも、参加しない？」

グループイベントか、と洋介はがっかりする。けれども、初めての愛奈からの誘いだ。素直に喜ぶことにした。

「うん、是非」

「良かった。じゃあ企画もお任せしていい？　わたし、そういうの苦手だから、毎年靖子さんにお願いしてるの。一緒にプランを練ってくれると嬉しいな」

「靖子さんとだね。わかった」

「あのね、せっかくだから、盛大にやりたいなあって思うんだけど……」

ワイングラスに口をつけながら、愛奈が上目づかいで洋介を見る。

「ああ、支払いは任せてくれたらいいから」

愛奈の官能的な仕草に見惚れて、ついうっかり大ぶろしきを広げてしまった。

「そういえば靖子さんね、バーベキューの時、カップリングカードに洋介さんの名前を書いてたのよ」

思い出したように、愛奈がくすくすと笑う。

「そうなの？」

「ええ。呆《あき》れちゃうでしょ？　身の程知らずよね。靖子さんは職場でも笑い者なの。病棟で一番のブスだって。あれで婚活なんて、正気かしら」

バカにしたように言いながら、愛奈は肉を口に運ぶ。そんな愛奈に、洋介はショックを受けていた。バーベキューの日、靖子が愛奈のことを「優しい子だ」と褒《ほ》めていたのを思い出す。まさか陰でこきおろされているとは思ってもいないだろう。

「どうしたの？」

愛奈はいつもの天使のような笑顔で、洋介を見た。

「いや、何でもないよ。楽しいクリスマスにしようね」

洋介はそれだけ言った。平気で他人の悪口を言う女は人間的に問題あり。生涯を共にできる相手かどうか、真剣に見極めよう――頭に浮かんできたマニュアルの文言を、必死で頭から振り払った。


数日後の週末、クリスマスパーティの打ち合わせで、靖子と会うことになっていた。待ち合わせの定食屋に入ると、靖子が厨房《ちゅうぼう》に立っている。

「いらっしゃいませ」

靖子が会釈する。会うのはバーベキュー以来だったが、やはりブスでぽっちゃりだった。

「ここ、実家なんです。人手が足りないから、時々手伝ってて。どうぞ座ってください」

ちょうどランチタイムが終わった頃で、店内には誰もいなかった。洋介はテーブル席に着く。

「何か食べますか？」

靖子が聞いてきた。最近、普段の食費を切り詰めているので、ろくなものを食べていない。正直有難かった。

「じゃあ、チキン南蛮定食」

待っている間、煙草《たばこ》を一服する。愛奈の前では、煙草も我慢していた。

「お待たせしました」

靖子が盆を運んできた。大皿にチキン南蛮ががっつりと盛られている。その脇に野菜の煮物の小鉢と、米飯と味噌汁《みそしる》があった。見た途端に腹が鳴り、すぐ箸《はし》を取る。チキン南蛮は酸味がきいていてジューシーで、美味かった。

「ええと、食べながらでいいので聞いてくださいね」

靖子が、ウェブサイトを印刷した用紙を何枚か出してくる。

「今年の愛奈の第一希望はホテルのスイートルームでのお泊まりパーティで、第二希望がクルーザーを貸し切りにした船上パーティだそうです。で、いくつか見繕って――」

「ちょ、ちょっと待って！」喉《のど》に食べ物が詰まりそうになり、目を白黒させながらお茶で流し込んだ。「そりゃ盛大にやっていいとは言ったけど、そこまでの予算はないよ」

「え、そうなんですか?」靖子が戸惑ったように、用紙に目を落とす。「愛奈が、上限はないって言ってたから」

「この一か月で、愛奈ちゃんにはかなり注《つ》ぎこんじゃっててさ。正直、もう限界なんだ」

「矢部さんは包容力があるって愛奈が話していたので、てっきり喜んでプレゼントしてくださってるのだと思い込んでました」

「無理してるんだよ。盛大なクリスマスパーティっていっても、せいぜいレストランの個室を貸し切りにする程度だと思ってた。でも、ぶっちゃけそれでもかなり厳しい」

「そりゃそうですよね」

　靖子が申し訳なさそうな顔をする。

「ちなみに、調べてくれた予算ってどれくらいなの」

　靖子がおずおずと差し出した用紙を、洋介は受け取る。そして目を見張った。最低でも三、四十万円はかかってしまう。

「こんなにゴージャスなクリスマスを期待してるなら、レストランに格下げしたら怒られるよな。何とかするか……」

洋介は大きくため息をつく。定期預金を崩すか？　いや、しかし——。

「いいえ、止《や》めておきましょう」

きっぱり言って、靖子が洋介の手から用紙を取りあげた。

「愛奈にはホテルもクルーザーも予約でいっぱいだったって伝えて、何か他のプランを考えてみます」

「ああ、そうしてくれると有難い」

洋介は、心からホッとした。言いにくいことを、靖子が伝えてくれるなら助かる。

「あ、お茶のお代わり持ってきますね」

靖子が立ち上がる。洋介は、中断していた食事を再開した。甘辛く煮た野菜を口に放り込み、ふと思い出す。

バーベキューの時、ものすごく不格好な野菜が混じっていた。てっきり靖子が切ったものだと思い込んでいたが、店を手伝っているということは料理上手なのだろう。煮物にはしいたけが入っているが、バーベキューの時と同じようにきちんと十字が入っているし、大根もちゃんと面取りしてある。

　ということは、下手《へた》くそな方が、愛奈の切った野菜だった——？

「靖子さん」

湯呑《ゆのみ》に茶を注《つ》ぎ足している靖子に、洋介は聞く。

「あの時のパエリアは……もしかして靖子さんが作ってくれたの？」

「え？」靖子はきょとんとする。「はあ、そうですけど？」

野菜を切る場面でも、パエリアを作る場面でも、愛奈はさりげなく洋介や高木を追い払った。それは、自分が料理を作っていると印象付けるためだったのでは？

恐らく愛奈は料理ができないのだ。だから靖子の手柄を横取りした——。

「矢部さん？　どうしました？」

正面に座り直した靖子が、洋介の顔を覗《のぞ》き込んでいる。

「いや……別に」

笑ってごまかして、味噌汁を啜った。

こんなこと、小さいことだ。男なら気にするな——そう言い聞かせながら。

それからしばらく、愛奈と逢うのを避けていた。

逢いたいのはやまやまだが、いかんせん金がない。特にクリスマスの出費を想定すると、とてもデートに誘えなかった。

勤務中、靖子から「良い企画を思いついた」とメールが入ったので、会社付近のルノアールで待ち合わせしようと返信しておいた。こんな風に、愛奈とも普通の喫茶店で会えたらどんなにいいだろう。

仕事が終わってルノアールに行くと、すでに靖子は待っていた。

「できるだけお金をかけないで、ゴージャスに見えるプランを考えてきました」

靖子が、ウェブサイトを印刷した用紙を取り出した。リムジン貸し切りと書いてあり、ラグジュアリーな車内の写真が載っている。

「リムジン？」

あまりにも意外で、洋介は首を傾げる。

「はい。数時間貸し切って、そこでパーティーをするんです」

「だけど……高いでしょ？」

「それが、意外とお手頃だったんです。一時間一万円前後でありました」

「へえ」

「パーティーは四時間見ておけば充分だと思います。そうすると四万円です。食べ物は持ち込みできるらしいので、わたしが用意します」

「靖子さんが？」

「はい。飲食店の娘ですもん、オードブルからメインまで、一応作れます。飲み物も安く仕入れられるので、任せてください」

　靖子が笑う。明るくて、頼もしい。

「いやあ、助かった。本当に有難う」

「とんでもない。愛奈は可愛い後輩だし、それに、あれこれ考えるのが面白くて」

　嬉しかった。ただただ、靖子の温かさが心に沁《し》みた。

　いい子なんだな、とつくづく思う。

　料理上手で働き者。気配りができて思いやりがあって、金銭的な工夫すら楽しめる。きっと本当は、こういう女性が妻として理想なんだろう。

　男はバカだ。こんなに良い子なのに、誰も靖子を選ばない——自分も含めて。

「じゃあ予約しておきますね。あ、もう行かなくちゃ。これから出勤なんです」

靖子は慌ただしく立ち上がると、ハンドバッグから財布を出した。

「わたしの紅茶、いくらですか？」

「ああ、いいよ」

洋介は伝票を自分に引き寄せる。

「え、でも悪いです」

「いろいろと助けてもらったし、ほんのお礼」

ぱあっと靖子の顔が明るくなった。

「本当にいいんですか？　有難うございます」

心から嬉しそうに言ってくれる。

ああ、これだ。

愛奈もこんな風にお礼を言ってくれさえすれば、洋介の気は済むのに。

ふと、考える。

本当は、こういう優しくて礼儀正しい女の子こそ、三ツ星レストランでご馳走されたり、プレゼントを買ってもらう資格があるんじゃないか。大切にされるべきなんじゃないか。

「嬉しいな。あたし、男の人にご馳走してもらうなんて初めてかも」

たかだか六百円の紅茶に感激する靖子が、初々しくて新鮮だった。愛奈みたいな美女は、男に尽くされることに馴れきっているのだ。

――こんなことで喜んでくれるんだったら、今度はもっと良い所に連れてってあげるよ。

うっかり言いかけて、慌てて飲みこむ。

何考えてるんだ、僕。

相手はブス子だ。

ブス子に使う金があるなら、少しでも愛奈に回すべきじゃないか。

さっきまでの靖子への感謝はどこへやら、再び洋介は美人至上主義に支配されてしまう。

つくづく、男は悲しい生き物なのだった。

クリスマス予算が予想よりも安く済むとわかったので、次の日、早速愛奈をディナーに誘った。しかしディナーの後、店を出ても、やはり愛奈からは礼の一言もない。

「あのさ……嬉しい？」

さっさと前を歩く愛奈に、思い切って洋介は聞いてみる。

「え？」

愛奈は、立ち止まって振り返った。

「だって、何も言ってくれないから」

一瞬、愛奈は不思議そうな顔をしたが、すぐに洋介の意図を悟ったのか、面倒くさそうに言った。

「ご馳走さま。……これでいい？」

「気を悪くしたらごめん。なんか、感謝してもらえてるのかどうかわからなかったから」

「それ、どういう意味？　感謝って押しつけるものじゃないでしょう」

「いや、ただ単に喜びを表面に出してほしかっただけで……なんていうか、靖子さんみたいに――」

言ってすぐ、しまったと思った。

「どうしてそこで、靖子さんが出てくるのよ」

愛奈の美しい顔が、能面のように固まっている。

「いや、その……」

「洋介さん、あんなトドみたいな女がタイプなの？　靖子さんの方がいいなら、どうぞ付き合えば？」

ふふん、と鼻であざ笑う。

「靖子さんは最初あなた狙いだったものね。喜んでオーケーしてくれるわよ」

「違う、言葉のあやだよ。好きなのは愛奈ちゃんに決まってるだろ」

「そうかしら」

「当たり前じゃないか」

「それならいいけど。他の女と比べるなんて失礼よ。よりによって、靖子さんなんて」

愛奈は、可愛らしく頬を膨らませた。

「本当にごめん」

「心から反省してる？」

「もちろん」

「そう。じゃあ、証拠を見せて」

「証拠？」

「カルティエのピアス。それで許してあげる」

勝ち誇ったように、愛奈はにっこりと笑った。


愛奈を見送った後、洋介は慌ててスマートフォンでピアスの値段を調べた。ざっと見た限り、安い物でも十万円以上する。

誕生日でもクリスマスでもなく、ただ仲直りをするために、この出費。これから付き合いが長くなれば、ケンカなんて何度もするだろう。その度に、高価なものを買わなくてはならないのか？

これまでは無理をしてでも何とかしようという気もあったが、今回はさすがにそんな気持ちになれなかった。これまで無視を決め込んできたマニュアルの警告が、頭の中でぐるぐる回っている。

洋介は疲れていた。飛びきりの美人と一緒にいるものの、幸せとは言えない。ただただ神経をすり減らし、金にもきゅうきゅうする毎日だ。

もしも彼女がプロポーズを受けてくれたとしても、明るい未来は描けない。結婚式は当然ハデ婚。新婚旅行は百パーセントで海外。きっとブランドもののバッグや宝石、服をねだられる。新婚生活が始まっても、きっと料理もしてもらえない。共働きは期待できないだろう。

それに、洋介はいつか子供が欲しいと思っているが、彼女はどうなんだろう？　いや、もしも子供を産んだとしても、母親らしいことをするつもりはあるのだろうか？

愛奈との将来を考え始めると、不安ばかりが募ってくる。自分が求めていたのは容姿よりも、美味しい手料理と、優しさと、安定だったのだと今更ながら思い知る。そして、愛奈からそれは得られそうもないのだ。

「容姿はいつか衰える。それよりも、二十年後、三十年後を共に歩めるような相手を、内面重視で選ぼう」

マニュアルの文言が、はっきりと心に響いてくる。なぜだか、靖子の顔がチラつき始めた。

おいおい。嘘《うそ》だろう?

洋介は必死で、靖子のことを頭から追い払う。

けれども日が経《た》つにつれて、靖子の存在が心の中でどんどん大きくなってくる。

そして、靖子なら自分が思い描く結婚生活を与えてくれるという確信が固まりつつあった。

そんな自分に困惑しながら、悩みに悩んだ末、洋介は思い切って靖子に連絡することを決めたのだった。


靖子に会うのは、バーベキューを入れると四回目になる。ブスは三日で馴れる、とはいったい誰が言い始めたのだろう。実際、目の前に座る靖子を、洋介はそれほど不細工だとは思わなくなっていた。

「あの……お話って何ですか?」

再びルノアールに呼び出されて、靖子は戸惑っている様子だった。

「靖子さん」洋介は、改まって席に座り直した。「僕の、率直な気持ちをお伝えしてもいいですか」

「……はあ？」

「正直、靖子さんのことは全く好みじゃありません。愛奈さんこそ理想の女性です」

靖子は一瞬あっけに取られ、それから苦笑いした。

「わかってますよ、そんなこと」

「愛奈さんみたいな女性と付き合いたいというのが、男の本音だと思います。だけど生活を共にすることを実際問題として考えると、僕には難しいと判断しました」

「はあ……」

「その点靖子さんは、結婚相手として理想的かもしれないと思い始めています」

「え？」靖子がきょとんと洋介を見る。「わたしが、ですか？」

「そうです。惚れてはいませんが、人間として好意を抱いているということです。どうでしょうか、僕と結婚を前提に――」

「ちょ、ちょっと待ってください」靖子は慌てて遮った。「困ります。そりゃあ、バーベキューの時は洋介さんの名前を書きました。だけど今は、愛奈の彼氏です。職場の後輩とは、もめたくありません」

「大丈夫です。僕がはっきり愛奈ちゃんに伝えます」

マニュアルもないのに、こんな台詞《せりふ》が自然に出てくることに自分で驚いていた。

「絶対にダメですって。洋介さんが愛奈と別れるのは、恋愛である以上は仕方がないかもしれません。でもわたしが割り込む形になったら、愛奈に嫌われます」

「だけど、将来がかかったことなんですよ。靖子さんとなら、しっかりとした家庭が築ける気がするんです。せっかく見つけたご縁を、みすみす逃したくありません」

不思議なことに、靖子を説得しているうちに、洋介の中の決意もますます固まっていった。

「とにかく一度、検討してみてください」

当惑する靖子の前で、洋介は深々と頭を下げた。


「――靖子さんと付き合うですって？」

案の定、愛奈は目を吊《つ》り上げ、わなわなと震えている。だけどこれは別れたくないからではなく、単に靖子に負けたということが許せないだけだろうと、洋介は冷静に分析していた。

「どこがいいわけ？　ブスだし、太ってるし――」

「そんな風に、人のことを悪《あ》しざまに言ったりしないところかな」

洋介の言葉に、愛奈はぐっと詰まった。

「とにかく、君との将来は考えられない。大好きだったけど、終わりにしてほしいんだ」

「あなたごときにフラれるなんて冗談じゃないわ。こっちから願い下げよ。最低な男！」

愛奈は椅子《いす》から立ち上がると、ホテルのティーラウンジから憤然と出ていった。

愛奈なら、きっとすぐに次の男ができるだろう。いや、そもそもは洋介が貢《みつ》ぐから付き合ってくれていただけで、愛されてなどいなかったのだ。

未練がないと言ったら嘘になる。去り際にちらりと見えた、つんとすました顔さえも、やっぱり美しかった。

だけど、安らげる家庭を築けるのは彼女とではない。運命の相手は、靖子かもしれないのだ。

晴れ晴れとした気持ちで、すぐさま電話をかける。何回かコール音がなった後、留守番電話に切り替わった。

「靖子さん？　たった今、愛奈ちゃんと別れました。これでよかったと心から思っています。お付き合いを前向きに考えてみてください。よろしくお願いします」

吹き込み終えて、終話ボタンを押した。トキメキはないかもしれない。けれども靖子のことを考えると、心がとても穏やかになるのだ。

ああ、これが情というものなんだな——洋介はほのぼのとした気持ちで、ただ靖子から連絡が来ることを祈った。


——お付き合いを前向きに考えてみてください。よろしくお願いします。

留守番電話の再生を聞き終わると、愛奈は靖子のスマートフォンを耳から離した。

「どう？」

にやにやしながら、靖子は鼻の穴から牙《きば》のように煙草の煙を吐き出した。

「やったじゃないですか。さすが靖子さん」愛奈は悪戯《いたずら》っぽく、片目をつぶった。

「で、どうするんですか？」

「ま、取りあえずはキープかな。もっと良いのが出てくるかもしれないし、あとちょっと婚活してみる」

「そうこなくっちゃあ」

「愛奈もお疲れさんだったね。奢《おご》るから、じゃんじゃん食べて」

靖子はバルの店員を呼び止めて、愛奈の好きそうな料理や飲み物をたくさん注文した。

テレビでも雑誌でもネットでも婚活本でも、「女性は見た目が全てではない」とか、「美貌《びぼう》より愛嬌《あいきょう》」だとか、「内面の美しさが肝心」だとか、ブスに対して口当たりの良い建前ばかりが溢れている。

ハッキリ言って、それらは全て絵に描いたモチだ。そもそもブスには、内面を知ってもらうチャンスすら与えられないのだから。特に婚活というバトルフィールドにおいては、ブスは丸腰。正攻法で臨んでも二百パーセント勝ち目はない。

だから靖子は作戦を変えた。男が美女を好きなのであれば、それを武器として利用してやるまで。靖子は、かつてのギャル仲間だった愛奈に協力を頼んだのだった。

婚活で出会った男性は、必ずと言っていいほど、愛奈を狙う。しかし次第にエスカレートする愛奈の要求に、男は耐えられなくなってくる。ワガママで、贅沢《ぜいたく》で自己中心的——ステレオタイプ通りの美女を、嫌というほど知らしめてやる。

美人に懲りたところに、靖子が登場する。情に厚く、聞き上手で、やり繰り上手——そう、今度はブスのステレオタイプで攻めるのだ。

このチーム婚活のメリットは二つある。一つ目は、一度は美人と付き合った経験を持つことで男の気が済むこと。二つ目は、その経験に懲りてトラウマ化すること。この先美人に出逢っても、トラウマを思い出すことで近づかなくなるだろう。つまりは、美人に対するワクチンなのである。特に、婚活ビギナーには早めに打っておくに限る。

もちろん、全員に対して上手《うま》くいったわけではない。靖子に見向きもしない男もいた。けれどもこの半年間で、七人の男のうち三人が靖子になびいたのだから上出来と言えよう。もう少し続けて、一番条件の良い男を、靖子は択《えら》ぶつもりだ。

「じゃあまた適当に、婚活イベント申し込んどきますねー」

男たちに貢がせたアクセサリーを煌《きら》めかせながら、愛奈はスマートフォンを操作する。売れないミュージシャンと付き合っている愛奈にしても、これは美味しい副業なのだ。チームはウィンウィンの関係でないと、絶対に成功しない。

　ブスが婚活で不利であることは、動かしようのない事実。けれども作戦次第で、勝利することはできる。

「あたし、本を書いちゃおうかなあ。ブスのための、ブスによる婚活マニュアル」

「ダメですよー、これはうちらの秘密戦法なんですから。それに、婚活で勝てる人は最初からマニュアルなんて必要ないもん」

「あっははー。だよねー」

　並々と注がれたビールジョッキで乾杯すると、二人は豪快に飲み干した。

リケジョの婚活

「それではこれから当番組名物、ルーレットタイムの開始です！」

世話人であるタレントが叫び、ピーッとホイッスルが鳴ると、待ってましたとばかりに各席でおしゃべりが始まった。

どこまでも広がる緑の芝生が眩《まぶ》しいサッカーグラウンドの上に、二重の輪になるようにパイプ椅子《いす》が置かれている。男性参加者二十一名は内側の輪に、女性参加者二十八名は外側の輪に。三分ごとに女性が移動していくことから「ルーレットタイム」と呼ばれ、互いがプロフィールカードを手にして自己紹介をする。

「初めまして」

恵美《えみ》は目の前に腰かけている男性に、まずは挨拶した。

「東京から来ました、電機メーカー勤務の後藤《ごとう》恵美です。三十歳です」

「山下弘《やましたひろし》です」

相手が頭を下げる。

「この長見市《ながみ》で、米農家をやってます」

恵美は素早く、クリアファイルに入ったプロフィールシートに目を通した。離婚歴あり、子供二人。四十三歳――。

ないかな。

一瞬で、そう判断する。

いや、一瞬の判断というよりは、再確認という方が正しいか。

そもそもは男性陣の写真と簡単なプロフィールをホームページで確認してからの応募だし、事前説明会では自己アピールビデオも見せてもらった。みんなそれぞれ「OK」「NG」という仕分けをすでに胸の中で済ませ、その上で本番に臨んでいる。このルーレットタイムで仕分けをさらに研ぎ澄まし、この後に行われるフリータイムの時に話す相手を絞り込むというわけだ。

「こうたいでーす」の掛け声とともに、恵美は会釈をして立ち、席を一つずれた。

「ミッション縁結び」は年に三回放映される人気婚活番組だ。お笑いコンビ、アカプルコが司会を務め、タレントの高島A児《たかしまえいじ》が世話人として現場を仕切る。女性との出会いがない地方に暮らす男性陣と、一泊二日で会いにやってきた女性陣との婚活の一部始終を三時間番組で紹介するのだ。

しかも今回は、女性からの逆告白スペシャル回。女性の方から花束を差し出し、そして選ばれなかった日には、フラれた姿を何十万世帯に見せなくてはならない。「告白されない」と「フラれる」の差は大きい。だからだろうか、いつもなら女性の参加者は五十名を超えるのに、今回は参加男性と同等数に留《とど》まっている。

「ええと恵美さんは大学では電子工学を専攻、現在は電機メーカーで……ロボットの開発？　すごい、がっつり理系なんですね」

三人目の男性がプロフィールカードを見ながら驚く。

「あはは、そうなんです」

「リケジョかあ。今流行《はや》りじゃないですか」

そこでまた「こうたーい」とA児が叫んだので、恵美は会釈をして立ち上がった。

もうすぐだ。

大本命の舘尾典彦《たておのりひこ》まで、あと一人。今話している相手の、その隣に彼がいる。

恵美は適当に相槌《あいづち》を打ちながら、斜め前にいる典彦に全神経を集中させていた。

隣の女が典彦に野球の話を振って、「あー僕、野球まったく見ないんですよね」

と返され、あっさり撃沈している。恐らくこの地方出身のメジャーリーガーがいるから、野球の話題を出したのだろう。実際、恵美もそこから話が広がるかもしれないと、会話ネタリストに入れておいた。早速除外しておかなければ。

「それにしても、可愛《かわい》らしい方でビックリしました」

目の前の男性が言った。

「アピールビデオでもチャーミングでしたが、実物はそれ以上ですね」

事前説明会の時に参加女性のビデオが撮影されて、男性陣に見せられている。

「これに参加しなくても充分モテそうなのに」

「そんなことないですよぉ」

否定しながらも、恵美は実際、まさか自分が婚活番組に出るなんて思ってもみなかった。

この手の番組の宿命として、参加する女性は相当恥をかくことを覚悟しなくてはならない。全国に顔をさらすだけではなく、公共の電波を使って「わたしは恋人ができない」「自力では出会えない」「何が何でも結婚したくて焦っています」という悲愴《ひそう》さを知らしめることになる。しかも会場までの旅費は自腹だ。恵美は東京からこの熊本県長見市まで、往復の飛行機代五万七千八百八十円を払っている。

顔とプライバシーと恥をさらし――しかもそれは番組放映時だけに留まらず、インターネット上で半永久的に続く――、なおかつ金銭的負担もありながら、カップルになれる保証はどこにもなく、一泊二日で全《すべ》てが完結してしまう。つまり一般的な婚活に比べてハイリスクローリターン、コストパフォーマンスが非常に悪いのだ。

だから恵美には、この手の番組に参加する女性がまるで理解できなかった。

しかし、四か月前のある日、運命が変わった。仕事から帰ってきて、ニュースを見ようとたまたまテレビをつけたら「ミッション縁結び」のエンディングが流れていた。アカプルコが「いやー、今回も盛り上がりましたねー」などと締めくくっている。そして「次回の開催地は熊本県長見市！　参加女性を募集しています！」という言葉の後に、参加男性が一人一人、ごく簡単に紹介された。

舘尾典彦が画面に現れた時、恵美は一瞬で魂をわしづかみにされた。健康的に灼《や》けた肌に、濃い眉《まゆ》と切れ長の目。笑顔が爽《さわ》やかで、声も溌剌《はつらつ》としている。

好みのどストライク。生まれて初めての、一目ぼれだった。

これまで、普通に彼氏はいた。理系の学部には女性が少ないので、何の努力もせずにモテたのだ。研究室に泊まり込み、作業着の下は何日も着替えていない服。髪はひっつめ、ノーメイク。女子力がゼロでも、いくらでも男は寄ってきた。特に燃え上がるような感情もないまま付き合い、なんとなく別れた。就職してからも同じようなもので、恵美は、恋愛とはこんな程度なのかと思いこんでいた。

しかし舘尾典彦を見た時、生まれて初めて恵美の心に火がついたのだ。この人に会いたい。この人と話してみたい。お嫁さんになりたい——。

その気持ちは、番組HPにアップロードされた典彦の映像を再視聴して、さらに強くなる。次の「ミッション縁結び」が放映される時、彼が他《ほか》の女とカップルになるのを指をくわえて観《み》ていたくない。全国ネットで恥をさらしてでも、この人に出《で》逢《あ》いたい——。

勇気を出して参加申し込みをし、そして今日、典彦に逢うためだけに、長見市にやってきたのである。

恵美は、斜め前にいる典彦が気になって仕方がない。いよいよ次に話すのだと思うと、心臓が痛いほど高鳴る。焦るな焦るなと言い聞かせ、丸暗記した典彦のプロフィールを頭の中で反芻《はんすう》した。

三十二歳。実家は地元の水産加工品を生産・販売する会社で、社員は二百九十名。現在、典彦はその会社で国際部の部長として働いているが、いずれは会社を背負って立つ——つまり次期社長。趣味はゴルフ、最近観た映画は『マッドマックス』、好きな作家は村上春樹《むらかみはるき》、好きなアニメは『エヴァンゲリオン』。

この中の、どんな話題を振られても大丈夫だ。ゴルフも練習したし、村上春樹は全作読み、『エヴァンゲリオン』はテレビ版も劇場版も制覇した。リケジョたるもの、傾向と対策は怠らない。

「僕は『ONE　PIECE』ですね」

目の前の男が言った。

「はい？」

全く聞いていなかった恵美は、きょとんとする。

「え、だから好きな漫画の話ですよね？　ほらここ、『ONE　PIECE』って書いてあるでしょ？」

男が恵美の手からファイルを取り、自分のシートの『好きな漫画』の欄を指している。

「恵美さんは『ハチミツとクローバー』か。リケジョでも、内面は普通なんですねえ」

「そうですよー、普通の女子でえす」

斜め向かいにいる典彦の視界に入るかもしれないので、恵美は可愛らしくしなを作った。

本当はそんな漫画、手に取ったことも読んだこともない。けれども『漫画でサイエンス　半導体の仕組み』などのタイトルを挙げたら、きっとその時点で典彦のストライクゾーンから外れる。だからネットで調べて、最も無難そうな、女性向け漫画ランキングの一位だったものを書いておいたのだ。

服装も、メイクも、髪形もしかり。普段はすっぴんにジーンズなので、どんな格好をすればいいかわからなかった。だから雑誌の「男性に人気のファッション」「この秋のモテヘア」という特集で一位だったものを参考に——というかそっくりそのまま真似《まね》をしたのである。とにかく少しでも、典彦に気に入られる確率を上げられるように。

「はい、こうたーい！」

A児の大声が青空に響いた。

いよいよ典彦との対面だ。

席を移りながらハンカチで口元を押さえ、素早く上の前歯と唇の間に舌を差し入れる。もしも前歯に口紅がついていては、しょっぱなから幻滅だ。座る直前に手ぐしで髪を整え、飛びきりの笑顔を作った。

「初めまして、後藤恵美です。会社員です」

わかりやすいように、左胸につけられた名札を持ち上げて見せた。

「初めまして、舘尾典彦です」

「参加男性のリーダーを務めてくださってるんですよね。ご苦労様です。わたし、リーダーに会うために参加したんですよ」

持ち時間の短いルーレットタイムでは、直球勝負しかない。駆け引きなく、素直な気持ちをぶつけるのが正解だ。

「本当ですか？　それは光栄だなあ」

典彦は頭を搔《か》く。二言三言かわした後、

「恵美さんのお仕事って面白そうですね。ロボット開発なんて、世界が違うなあ」

とプロフィールシートを見ながら、典彦は言った。

「いえいえ、大げさなイメージがありますけど、ペットロボットとか介護ロボットとか、身近なものを開発してるんです」

仕事をできるだけ身近に感じてもらえるよう、恵美はイメージの湧《わ》きやすい例を挙げた。

「それにモノづくりという面では、典彦さんのお仕事と同じなんです」

ここぞとばかりに、恵美は身を乗り出す。かけ離れている二人の世界だが、ちゃんと共通点があることをアピールできるよう、リサーチして準備してきた。

「典彦さんは水産加工の会社で、原料となる魚介類を厳しい目で見極めて、消費者のニーズに合った商品を企画して製造するわけですよね？　全国の皆さんに良いものを届けたい――その熱い思いは一緒です」

「なるほど、確かに扱うものは違うけれど、常にお客様のことを考えて取り組んでいる。モノづくりの姿勢は、僕も恵美さんも、全く共通しているということですね」

典彦が笑顔で頷《うなず》くと同時に、「こうたーい！」とA児の声が重なった。

「もう時間か、残念だな。恵美さん、よかったらフリータイムの時、また話しませんか」

恵美をまっすぐ見つめて、典彦が言う。

「是非。よろしくお願いします」

笑みを浮かべて、丁寧に頭を下げた。

やった、摑《つか》みはオッケーだと、恵美は心の中でガッツポーズをする。


フリータイムの会場である公共体育館へ移動するために、女性陣は大型バスに乗り込んだ。

座席に座ると、恵美は早速モバイルPCを取り出す。画面上の「典彦さんフォルダ」をクリックし、典彦さんデータという名のエクセルファイルを開いて、野球は興味なしと情報をアップデートした。

「恵美ちゃん、お疲れ。どうやった？」

麻耶《まや》が隣に座った。麻耶は大阪からの参加者だ。バスの座席は恵美の隣を割り当てられており、今日宿泊するホテルでも同室である。健康的にふっくらした、癒《いや》し系のネイリスト。おっとりとした関西弁が、雰囲気に良く合っている。麻耶の本命は、三番人気の加藤大輔《かとうだいすけ》だ。

「まずまずって感じかな。麻耶ちゃんは？」

「うん、うち、めっちゃ頑張って大輔さんにアピッってみた。ほんま緊張したわあ」

バスが発車した。麻耶の視線が、恵美のモバイルＰＣに留まる。

「それ……例の婚活ツール？」

「そう。情報を更新してるの」

集合場所から会場に来るバスの中で、恵美は自作の婚活ツールを、ライバルではない麻耶にだけ披露していた。

応募してから今日までの四か月間、恵美は「ミッション縁結び」の過去の放映を全て視聴し、カップル成立率の高かった女子の行動や会話パターンを分析し、データ化した。そのデータと典彦のプロフィールを基に、典彦に好かれそうな会話と行動を徹底予測してリストにし、恵美は頭に叩《たた》き込んだのである。

しかしそれだけでは不十分だ。成果を完璧《かんぺき》なものにするためには、繰り返しのテストが必要である。だから典彦の映像を３Ｄモデル化して「バーチャル典彦」を作製し、入力したデータを基に会話をランダム合成する機能を持たせた。この簡易シミュレーターにより、恵美は今日まで、ただひたすら、典彦の心を掴む会話を特訓してきたのである。

「理系の人ってみんなこんなことするん？」

麻耶が、画面の中で微笑を浮かべている３Ｄの典彦を気味悪そうに見ながら言う。

「さあ。ただわたしは万全を期したいだけ。本人を前にしたら、緊張してうまく話せないことってあるじゃない？」

「そりゃそうやけど。で？　役に立ったん？」

「完璧。すごく自然におしゃべりできた」

「そんなら良かったけど」

体育館の前に到着した。一番最後に麻耶とバスを降りると、世話人のＡ児がカメラマンと音声係を引き連れてやってくる。

「お二人にも今の状況を聞きたいな。先に後藤恵美さん、ちょっといい？」

バスの脇に連れていかれ、マイクを向けられた。

「後藤さんは、もともとの第一希望がリーダーだったよね。今は？」

「変わりません。舘尾さんです」

「おおー、そっかあ。リーダーはやっぱり人気だねえ。後藤さんで十三人目だよ」

やはりそうか。ハンサムな御曹司を、女性が放っておくはずはないのだ。

「他に気になってる人は？」

過去の放映で、第二希望や第三希望の名前を挙げる男女を見てきた。が、

「いません」

と恵美は言い切った。恵美は単純に相手を探しに来たのではない。典彦とカップルになるためだけにやってきたのだ。

「え、いないの？」

「はい。舘尾さんだけです」

「へえ、そりゃすごいなあ」

A児がカメラに向かって、にやりとする。恐らく放映時には、「リーダーを巡って、一途《いちず》な女たちの壮絶バトルが！」などどぎついテロップが入って、煽《あお》られるに違いない。

フリータイムは、かなり気合を入れなくちゃ。

Ａ児とカメラマンが麻耶をインタビューしに行った後、恵美は再びモバイルＰＣを開いた。

「ただ今よりフリータイムでーす！　自由に動いてくださーい！」

体育館の高い天井にホイッスルが鳴り響き、みんなが動き出した。お目当てが何人かいて、先にどちらに行こうか迷っている者、進み出る前に捕まって動きそびれた者、そしてターゲットに向かって一直線で向かう者——もちろん恵美は、一直線組だった。

典彦の周囲には、すでに十二名もの女性が群がっている。Ａ児の情報通りだ。十三分の一。確率七・六九パーセントからのスタートか——恵美はため息をつく。

典彦を取り囲んでいる女性たちは、アパレル販売員、事務員、電話オペレーター、不動産屋、ペットトリマー、家事手伝い、保育士、介護士などだ。事前説明会から見かけた顔だが、名前を覚えるのが苦手な恵美は、職業でしか覚えていない。

「リーダーは、子供好きですか？」

アパレル販売員が聞いた。名札に、シングルマザーの印がついている。彼女にとっては特に切実な問題だろうが、他の女性にとっても聞き逃せない重要事項である。

みんなの耳が、ひと回り大きくなって見えた。

「大好きですねえ。友達なんて、もう三人の子持ちもいるし。僕も早く欲しいです。多ければ多いほどいいなあ」

日焼けした肌に白い歯をのぞかせて、リーダーが答えた。ほうっと女性陣がため息をつく。

「週末はどんな風に過ごしてますか?」

今度は電話オペレーターが聞いた。

「最近はもっぱらサーフィンですねえ」

おや、と恵美は焦る。ゴルフと書いてあったはずだが。

「え、でもサーフィンなんて書いてましたっけ」

同じことを思ったのか、家事手伝いが首を傾《かし》げる。

「それが、始めたのがアピールビデオを撮影した後なんですよ。あれ四か月前でしょ?」

サーフィンのことは一切リサーチもシミュレーションもしていないので、話が広がるのは避けたい。恵美は慌てて口を挟んだ。

「あの、さっき少しだけお仕事の話をしましたけど、もっと伺いたいな。肩書は国際部の部長になってますが、具体的にはどんなことを？」

サーフィンのことは、今晩リサーチしておかなくてはならない。それまではとにかく、予測していた会話リストから攻めよう。

「仕事内容はですね」

典彦の目に力がこもり、表情に張りが出る。

「海外にも自社の養魚場と加工工場があるんですが、現地の業者と交渉したり、従業員を雇い入れるのが僕の担当なんです」

ルーレットタイムの時と同様、仕事の話だと食いつきがいい。家業だけに、きっと仕事にも会社にも愛着を持っているのだろう。やっぱりこれが典彦のツボだ、と恵美は確信する。

「スケールの大きなお仕事ですね」

恵美の言葉に、典彦は嬉《うれ》しそうだった。

「いやあ、現地の人とやり取りするのが楽しいんですよ。ＰＣでビデオ会議とかしてね」

「時差もあって大変でしょう。現地の平日が、日本の週末ってこともあるでしょうし」

「そうですね、週末がつぶれることも結構あります。あちらから視察にいらしたり、逆に僕が視察に行ったりもするし。先月もあちこち行ったなあ。ベトナム、タイ、インドネシア、オーストラリア……」

「海のきれいなところばかりじゃないですか。だから典彦さんはサーフィンを始めようと思ったのかもしれませんね」

「そう！　まさにそうなんですよ！　ほんと、今までやらなかったのが不思議なくらいで」

「サーファーの方って海を大切になさるから、きっとお仕事にも良い影響を与えているんでしょうね」

「これはまた、良いことを言ってくれますねえ」

心底嬉しそうに、典彦が恵美を見つめた。

サーフィンのことが出て焦ったが、我ながら、仕事とうまく繋《つな》げられたと満足する。これもシミュレーターでさんざん練習していたからこそできた応用だ。

そこからも仕事関係の話を弾ませる恵美を、家事手伝いと事務員が羨《うらや》ましそうに眺めていた。入る隙《すき》が無いと思ったのか、それとも他の人にしようと思ったのか、二人はそそくさと立ち去り、それぞれ他の男性の方へ行った。

これで十一分の一、確率は九・〇九パーセントに上がった——恵美は笑顔で話を続けながらも、冷静に計算する。

「あのっ」

今まで大人しかったペットトリマーが、巨乳を揺らしながら割り込んできた。

「わたしもサーフィンするんですよー、そんなに上手じゃないですけど」

恵美はムッとしたが、顔には出さないように気をつけた。どうせこの場でちょっと気を引きたくて、口先で言ってるだけだ。

「えー、浅羽《あさば》さんも？　どの辺を攻めるんですか」

「もっぱら地元なんです。勝浦《かつうら》とか、磯ノ浦《いそのうら》とか」

「和歌山ですか。僕も行ったことありますよ。波が最高ですよね」

盛り上がる二人を目の当たりにして、恵美は大きなショックを受けた。恵美はすかさず口を挟む。

「でもゴルフも楽しいですよね。わたしゴルフを最近始めたんですよ。この辺りのコース、回ってみたいなあ」

「いやもう、すっかりサーフィンに鞍替《くらが》えしちゃって、ゴルフは全くやってないです」

なんてことだ。不測のデータ変更があったとは。

焦り始めた恵美に追い打ちをかけるように、巨乳のペットトリマーが言った。

「この間は初めて沖縄に行って——あ、写真あるんですよ。見ます？」

一瞬、恵美の脳裏に、申し訳程度のビキニから乳房をはちきれさせながら、サーフボードに寝そべっている官能的な姿が思い浮かぶ。ヴァーチャル肉弾戦の前には、膨大かつ緻密《ちみつ》なデータもチリのように無力だ。そんなもの頼むから見せないで……

恵美の願いもむなしく、巨乳はスマホを素早く操作し、典彦に見せた。

「ほら、ね？」

「あー、いいっすねえ」

典彦が目を細める。

「見せて見せてー」

ノリの良い女を演じるべく、他の女たちが覗《のぞ》き込む。恵美も慌てて、そのノリに乗っかった。

ビキニではなかった。体はもちろん、首も両手足も黒いウェットスーツで覆われている。

なんだ。恵美はホッとした。

「ウェットを持ってらっしゃるってことは、本格的にサーフィンやってるんですね」

ホッとしたのもつかの間、典彦が目を輝かせた。そこから更に、サーフィン話に花が咲く。もちろん、典彦はそこにいる女性全員に話を振るが、巨乳のペットトリマーに心を摑まれたことは疑いようがなかった。

そこから何度か話題を仕事に戻そうと試してみたが、また自然とサーフィンに流れていく。典彦自身が、何より楽しそうだった。

失敗した、と恵美は心の中で舌打ちをした。

過去の放送を分析した結果、実家が会社経営で本人も役職についている男性の場合、最初のフリータイムでは家業の話をして理解してもらうという傾向が見受けられた。だからフリータイム前半で典彦からしっかりと仕事について聞いてやり、後半で趣味を語らうリラックスムードに持っていくパターンを想定していたのに。

こんな展開になるのであれば、サーフィンの話題などが出る前に、せっかく練習してきた村上春樹やエヴァンゲリオンの会話をしておくべきだった。

次のお宅訪問タイムで仕切り直しだ。そうだ、ご両親の前でこそ、仕事の話でアピールしよう。

恵美は、にこにこと典彦と巨乳の話に相槌を打ちながら、心の中で闘志を新たに燃やしていた。


個別に分かれる訪問タイムで典彦の実家に現れた女性の数は、十三名であった。

――また十三分の一、七・六九パーセントに下がったか。

恵美は冷静に計算しつつも、ため息をついた。

フリータイムでせっかく二人減ったのに、新顔が二人、交じっている。一人は看護師、もう一人は動物病院勤務。彼女たちはフリータイムで第二志望以降をざっくりと見極め、そして訪問タイムで第一志望に勝負をかけにきたクチだ。

こういうタイプは、少々厄介だ。新顔ということで、フリータイム組よりも有利になる。どうしても典彦は彼女たちに話を振らざるを得ないし、それに典彦だって彼女たちを知りたいと思うはずだ。

二十畳ほどのリビングに、料理の盛られた長方形の座卓が二つくっつけられ、座布団が置かれている。それを取り囲むようにして、十三名の女性たちは手持ち無沙《ぶさ》汰《た》に立っている。典彦がどこに座るのか動向を見守っているのだ。当の典彦はというと思いがけない大人数に戸惑っているようで、おろおろと「適当に座ってくださ い」と繰り返すだけである——訪問タイムの肝である席順に、「適当」な場所などないというのに。

どう出るべきか。

恵美は顔ぶれと状況を見ながら、必死で考える。

新顔を押さえて典彦と話したければ、典彦のいずれかの隣——つまりベストポジション——に座るべきだ。だがいずれにしても、典彦は新顔と話すために、恵美を乗り越える形になるだろう。それにテレビでVTRを見ていると、訪問タイムでベスポジを死守している女性は正直、見苦しい。我先にという配慮のなさが透けて見えてしまう。

決めた。この場では、典彦にこだわりすぎるのはやめよう。自分はフリータイムで一度も移動せず、くっついていた。そしてこうして実家にもやってきた。典彦が大本命だということは、充分にアピールできているはずだ。訪問タイムでは、心遣いを重点的に見せるとしよう。

「リーダーは主役なので、お誕生日席に座ったらいかがですか？　新しい方、よかったらリーダーの両隣にどうぞ」

看護師と動物病院に声をかけると、二人は少し驚いたように恵美を見た。他の女性は悔しそうな顔をしたが、ベスポジ争いが終結したことで、思い思いに腰を落ち着けた。座卓の端、いわゆるお誕生日席に腰を下ろした典彦は、ホッとしたように恵美に微笑《ほほえ》みかける。

巨乳は看護師の隣、つまりセカンドポジションの席を確保。そして恵美が選んだ席はというと、典彦の真向かい、つまり一番遠い場所である。しかしそこを選んだことには理由があった。典彦の両親――陰の主役――に一番近かったからである。

両親は邪魔にならぬようにという配慮からか、ひっそりとソファに座っていた。

「今日はいらしてくれて有難うございます。乾杯！」

典彦が乾杯の音頭を取ってグラスが合わさってから、雑談が始まる。和気あいあいとしているようでいて、その実、女性同士は探り合い、けん制し合っている。誰の目も笑っていない。みんなは典彦の関心を引こうと必死だ。この人数の中で、典彦を取り合うのは得策ではない。

「典彦さんは、子供の頃、どんなお子さんだったんですか？」

女性陣が全員典彦の方を向いている中で、恵美だけが母親に話しかける。未来の姑《しゅうとめ》――極めて重要な人物だ。そして典彦の会社では、現社長夫人でもある。

「意外と引っ込み思案でねえ。お友達も少なくて、小学生の頃は心配したんですよ」

母親は嬉しそうに答えた。

「そうだ、アルバムを持ってきたらどうだ」

父親の提案に、母親が「そうね」と立ち上がった。いい流れだ。しばらくして母親が持ってきたのは、家庭用のアルバムが数冊と、高校の卒業アルバムだった。

「わー、すごい、可愛いですねえ」

「そうそう、この時、典彦ったら木から落ちてね……」

楽しそうに話をしながらも、両親だってこの場にいる女性全員を花嫁候補として
シビアな目で観察しているはずだ。両親の心証が、典彦の決断に与える影響は小さ
くないだろう。つまり、ジャッジは典彦一人でなく、合計三名と考えるのが正解な
のだ。

「それにしても、あなた、しっかりしてるのねえ」

アルバムを見終わった時、母親が恵美に言った。

「さっと席を決めてくれて、助かったわ。傍《はた》から見ていてじれったかったのよね。

かといって、わたしたちは口を出せないじゃない?」

九州の女性らしく、ちゃきちゃきしたタイプらしい。

「いえいえ」恵美は謙遜《けんそん》した。「仕切り屋みたいで、よく考えたら恥ずかしいです」

「何を言ってるの。そういう人って必要よ。ねえ、お父さん」

「そうだよ。ああいうのは、日本人の悪い癖だね。海外と仕事をしていると、ミー
ティングでもプレゼンテーションでも、日本人の仕切りの悪さが目立つね。あなた

みたいな人は貴重だと思うよ」

社長夫妻に褒められ、恵美は内心、有頂天になった。が、あくまでも低姿勢を貫く。

ここで油断してはいけない。なんせ、恵美はリケジョである。過去の放映を基にしたデータによると、リケジョは未来の義父母に「理屈っぽそう」「田舎《いなか》の嫁が務まるのかしら」と敬遠される傾向にある。一方、断然人気が高いのは、将来の子育てや介護のことを考えてか、保育士、看護師、介護士だ。恵美はリケジョではあっても、子供好きであり介護にも関心があるというところをそろそろアピールしたいところである。

どうしたものかと考えを巡らせながら雑談を続けていると、ドアから子供が入ってきて「じいじー、ばあばー、ぼくもおしゃべりするー」とソファにやってきた。

「こらこら友《とも》君、今日は大事なお話の日なんだから。二階で遊んでて」

ばあばと呼ばれて相好を崩しながら、典彦の母親がたしなめる。

「やだ友則《とものり》君、ここにいたの」続いて子供の母親らしき女性が慌てて入ってきて「ほら行くよ。お母さん、典彦に謝っといて」と男児を連れて出ようとする。

察するに、この女性は典彦の姉、つまり男児は甥《おい》っ子ということになる。

なんというチャンス。

「友則君っていうの？　お姉ちゃんと一緒に遊ぼ。おいで」

両腕を差し出すと、友則は嬉々《きき》として、恵美の胸に倒れ込んできた。

「まあ、いいんですか？」

申し訳なさそうに、姉もソファに座った。未来の小姑《こじゅうと》にアピールするチャンスも、同時に転がり込んでくるとは。

「もちろんです。わたし、子供だーいすきですから。友則君はいくつかな？」

「四歳」

「そっかー、よろしくね」

恵美は友則を膝《ひざ》の上にのせ、こういう時のために備えて練習してきた手遊びで、友則と一緒に遊び始める。典彦からは遠いが、恵美が甥っ子と遊んでいる姿は視界に入っているはずだ。ここでしっかりとポイントを稼いでおこう。

友則が声を上げて笑う度に、恵美に対する典彦の家族の態度がどんどん好意的になっていくのがわかる。

よしよし。

恵美は手ごたえを感じた。

このまま、少しずつ、少しずつ、選ばれる確率を上げていくのだ――。

「恵美さんは、名札に電機メーカー勤務って書いてあるけど」父親が口を開いた。

「どこの会社で、どんなことをしているのかな?」

来た。

父親から、個人的に質問をされるのは良い兆候だ。

「インター社で、ロボットの開発をしています」

両親と姉が一斉におお、という顔をした。

「ほう、それはすごいねえ。優秀だなあ」

父親が感心したように頷く。

「でも……すごすぎて、水産業界とはかけ離れすぎてるわね」

母親が複雑な表情をした。

「いいえ、そんなことはないんですよ」

恵美は自信を持って笑う。この質問も想定範囲内。ちゃんと返答を準備しておいた。

「海中で魚の生育状態を調査して記録するロボットなども開発しているので、実は水産業の方とのお取引も多いんです」

「そういえば、ねえ、あなた」

母親が、父親の腕を軽く叩く。

「西見市《にしみ》でも、取り入れたんじゃなかったかしら」

「そうなんです！」恵美は身を乗り出した。「こちら長見市のお隣、西見市の養魚場に導入していただきました。去年、わたしも納品に伺ったんですよ」

「まあ、じゃあ水産の現場に来たことはあるのね」

「はい。水揚げや加工の様子も見学させていただきました。大変興味深かったです」

「ほう、そうかい」

父親が満足げに頷く。いい調子だ。

「他には介護ロボットなども開発していますが、そのために高齢者施設へ一か月ほど介護実習に行きました。食事や入浴の介助など、実際に経験しなければ良い物は作れませんから」

「そう、介護のご経験もおありなのねえ」

母親の頬《ほお》が緩む。

「水産用と介護用ロボットかあ。うちの養魚場にも、我が家にもそろそろ必要なんじゃないの」

姉が、冗談っぽい口調で言った。

「是非《ぜひ》！　お値段は勉強させていただきますので」

恵美がおどけると、「恵美さんは面白いお嬢さんだねえ」と父親が大笑いした。

他の女性陣に会話の主導権を握られ、会話の輪からあぶれている巨乳がこちらを見る。両親と和気あいあいな様子に、そういう手もあったか、とでも言いたげな悔しそうな表情だ。

典彦と目が合う。すでに家族の一員に向けるような、親しみのこもった視線だった。これは、かなり好感触ではないだろうか。

「もー、お仕事の話、つまらないよー」

恵美の膝の上で、友則が口を尖《とが》らせる。

「ごめんごめん。そうだ、いいものあげよっか」

恵美は、バッグの中から小さな玩具を取り出した。手のひらサイズのプラスチック製の半球体に、車輪がついている。スイッチを入れて床に置くと、障害物をよけながらフロアを走行し始めた。

「わあー！　これ、お姉ちゃんが作ったの？」

友則は目をキラキラさせ、玩具をためつすがめつする。

「うん、ターボくんっていうんだ。走るしかできない、ごく簡単なロボットだけどね。でもバッテリーがきれそうになったら自分で充電スポットに行けるし、ちょっとだけかしこいよ」

「すごーい！　本当にくれるの？」

「もちろん」

「あら、そんなの申し訳ないわ」

典彦の姉が慌てたように言う。

「いいんです。実はこれ、もともと典彦さんに差し上げようと思って持ってきたんです。どういう仕事をしているか、ごく簡単にお見せできるかなと思って」

「そうですか？　じゃあ遠慮なく。友則、よかったねえ」

「恵美お姉ちゃん、有難う！」

友則に抱き付かれた時、スタッフが「訪問タイム終了でーす。バスが待ってますので急いでください」と玄関口にやってきた。

「えー、恵美お姉ちゃん、帰っちゃうの？　また来てくれる？」

立ち上がった恵美のスカートに、友則がしがみつく。

「うん、また来るよ。それまで、ターボくんを大事にしてね」

「約束する！　恵美お姉ちゃん、またね！」

ゆびきりげんまんする恵美と友則を、家族が微笑ましげに見つめる。

親族の心は摑んだ——。

恵美は確信していた。

敬遠されがちなリケジョだが、リケジョなりのプレゼン方法はあるのだ。恵美は、大きな手ごたえを感じつつ、舘尾家を後にした。

宿泊先のホテルに到着するとすぐ、麻耶と交代でシャワーを浴び、ベッドに倒れ込んだ。

「あー、もうくたくたやわ」

顔面にパックをぺたぺた押し付けながら、麻耶がぼやく。

「訪問タイム、麻耶ちゃんはどんな感じだった？」

「大輔さんち、メロン農家やん？　畑見せてもらって面白かったわ。A児が途中で乱入してきて、未来の嫁候補に家業を理解してもらいましょうなんてお母さんを焚《た》きつけてさ。食べ頃メロンを選ぶっていうのんやらされた。めっちゃ緊張したわ」

「何人くらい来てたの？」

「三人」

「三分の一。三十三・三パーセントか。悪くないね」

「恵美ちゃんはどうだった？」

「なんと十三人も来てたんだよね。でもご家族とたくさん話をできたんだ。シミュレーターで練習していた会話パターンを、ご両親に応用できたお陰でバッチリだった」

「ふ、ふうん……」

「あ、そうだ。今日新たに見聞きした典彦さんの情報を基にデータを更新して、明日の傾向を予測しないと」

「あ、あのさ、恵美ちゃん」

ベッドに寝転がったままバッグからモバイルPCを取り出す恵美に、麻耶が遠慮がちに言った。

「そうやってすぐにデータ化したり、シミュレーターで練習したりすんの……やめた方がええんちゃう」

「どうして？」

「だって……物事なんて、確率や計算通りに行くもんちゃうし」

「でも、誰でもやってるでしょ？　わたしみたいにツールを使わないだけで、みんな頭の中で意中の人の好みを分析して、それに近づけるように対策してる」

「そうかもしれんけど……でも恵美ちゃんの場合は、やっぱりなんか行きすぎやわ。不自然やよ。そもそも婚活なんて、データ通りになんか行くわけないやん」

「だけど実際に、今日はうまく行ったんだよ」

「うーん。でも、なんていうか、データとか分析に頼り切っていると——しっぺ返しされそうな気がする」

「完璧に準備しておくことがどうして悪いの？」

「悪いんやなくて……ごめん、うちアホやからうまいこと説明できへん」

麻耶はため息をついた。

「麻耶ちゃん、大丈夫だよ」

恵美は、麻耶を安心させるように笑顔を作った。

「リケジョって恋愛とか婚活に関しては不器用だけど、わたしはわたしなりに精いっぱい頑張ってるつもり。だから安心して」

「……そやね。やり方なんて人それぞれやもんね。余計なこと言ってごめん」

麻耶は顔からパックを剝《は》がすと、サイドスタンドの電気を消した。

「さあ、しっかりと睡眠取って、明日に備えよ。お互い、明日も頑張ろな。おやすみ」

「うん、おやすみ」

しばらくすると、寝息が聞こえてくる。

電気の消えた部屋で、耳にイヤホンを入れてＰＣを開く。蒼《あお》い光が、ぼんやりと部屋を照らした。

明日はまず最終フリータイムがある。その後に告白タイムだ。フリータイムで決定的に印象付けなければならない。その対策を、万全に練らなければ。

そう強く決意しながら、恵美は画面の中の典彦と向かい合った。


翌朝。

ルーレットタイムと同じ芝生の上で、最終フリータイムの火ぶたが切って落とされた。

時間は一時間。それで運命が決まるとばかり、参加者の目は血走っている。

A児のホイッスルとともに、思い思いに動き出した。すでに一対一で過ごしてきたカップルは自然にひっつきあって、最後の時間を二人きりで過ごしている。麻耶は、一直線で大輔のもとに走り寄っていた。

恵美はというと、もちろん典彦のもとへ行く。典彦の周りには、たちまち昨日の訪問タイムと同じメンバーが群がる。やっぱり十三分の一か——がっかりしかけた時、典彦が頭を下げた。

「今日はこれから、杏奈《あんな》さん、遼子《りょうこ》さん、公佳《きみか》さん、恵美さんと重点的にお話ししたいと思います。他の方、申し訳ありませんが失礼させてください」

他の方、とひとくくりにされた女性陣が、曖昧《あいまい》に会釈をしつつ、そそくさとその場を去っていく。恵美を含め、選ばれた女たちは思わず笑みを交わし合った。

「お一人ずつ、二人きりでお話しさせていただければと思うのですが、よろしいでしょうか?」

典彦が四人を見回して確認する。もちろん、と全員が頷いたのを見届け、典彦は早速、最初の一人を連れて離れたベンチへと行った。

これで四分の一。ついに二十五パーセントまで確率があがった。ここからほんの〇・一パーセントでも上回ることができれば、勝ちなのだ。

恵美たちは、テーブル席で待機する。三人のメンバーを見て、恵美は自分の分析が間違っていないことを再確認した。最終段階まで残ったのは、看護師、保育士、介護士と、どれも手堅く、また両親が気に入りそうな女性たちばかりだった。あれほどサーフィンの話題で盛り上がっていた巨乳はいない。やはり典彦は堅実タイプなのだ。

「この中で選ばれるの、誰だろうね？」

保育士と典彦が会話しているのを遠くに眺めながら、看護師が呟《つぶや》く。

「公佳さんじゃないのー？」

「まさかあ。杏奈さんの方が気に入られてるよー」

意味のない応酬に恵美は耳を貸さず、冷静に周囲を見回す。男性を中心とした女性の取り巻きグループがいくつかできているが、中には一人の女性も来ていない男性も数名いる。彼らはドリンクを片手に、手持ち無沙汰にぼんやりと立ち尽くしていた。なんという残酷な現実。そしてまだ心が決まらないのか、あちこちのグループを行きつ戻りつする女性陣もいる。ちょうど恵美の背後を、そのような女性が何名か通り過ぎていった。

「あ、ねえ、あなた」

そのうちの一人に恵美は声をかける。フリータイムの時だけ、典彦の周りにいた家事手伝いだ。

「はい……？」

女性は立ち止まり、訝《いぶか》しげに恵美を見た。名札には田島由貴《たじまゆき》、とある。

「田島さんだっけ。あなたも頑張ってね」

恵美が微笑みかけると、由貴は戸惑ったように「はぁ、どうも」とだけ答え、歩き去っていった。そんな恵美の行動に、待機中の二人の女性は不可解そうに首を傾げている。

そのうちに、話が終わったらしい典彦と女性がベンチから立ち上がり、こちらにやってきた。

「次は、恵美さん、お願いします」

典彦に呼ばれ、恵美は「はい！」と地声よりワントーン高い声を出して席を立った。

「昨日はせっかくうちに来ていただいたのに、あんまり話せなくてすみません」

ベンチに腰を下ろした途端、典彦が頭を掻く。

「いいんです。お父様やお母様にアルバムを見せて頂いたし、それに、友則君がずっと相手をしてくれてましたから」

「ははは、友則の奴《やつ》、恵美さんが帰ってからも、ずーっと恵美さんの話ばかりしてましたよ。典彦おじさん、絶対に恵美さんと結婚――」

典彦は真っ赤になって、ハッと口をつぐんだ。恵美は奥ゆかしく目を伏せる。

「と、とにかく友則がよろしくと言ってました」

典彦が咳払《せきばら》いした。

「最後に恵美さんのお気持ちを確認しておきたいんですが、東京と熊本ではかなりの遠距離になりますけど、その辺りはどうでしょうか？」

昨日シミュレーターで練習した予想通りの質問だ。恵美は典彦を安心させるように微笑む。

「問題ありません。毎週末だって会いに来ます。それに、昨日ご両親にも話したんですが、こちらに出張のこともあるんですよ」

「それは嬉しいですね。ただ今後、もし結婚となった場合、退職してうちの会社にお力を貸していただくことは可能なんでしょうか。現在働いていらっしゃるような大手ではないですが――」

「喜んで。至らないところばかりですが、精いっぱいお手伝いさせていただきたいと思っています」

　これも予想通りで、すらすらと答えられる。

「典彦さんみたいな素敵な方と一緒にいられるなら、どんなことでも耐えられます。どうぞよろしくお願いいたします。それから、サーフィンも興味があるので、教えてくださいね」

　可愛らしく恵美が言うと、典彦は眩しそうに目を細めた。

「こちらこそよろしくお願いします。いやあ、恵美さんに出逢えて本当によかったなあ」

　それからしばらく、無言で見つめ合う。その様子をカメラが真正面から撮っているが、恵美は気にならなかった。カップルになった暁には、きっとこの場面が何度もリプレイされるだろう。

　他の三人よりも確実に数パーセントは上乗せされた実感を噛《か》みしめながら、恵美は潤んだ瞳で熱視線を典彦に送り続けた。

　いよいよメインイベントである告白タイムがやってきた。

芝生の上に、男性と女性が、向かい合って一列に整列している。少し離れたところに日よけテントが設置され、その下で男性陣の家族が見守っていた。

恵美の順番は、二番目。緊張はピークに達していた。ADから渡された花束を持つ手が汗ばんでいる。

「それではいよいよ、告白タ－イム！」

A児が叫び、青空にキンとマイクがハウリングを起こした。

「皆様のお気持ちは固まりましたでしょうか！　それではトップバッター、木部愛子《きべあいこ》さん、どうぞ！」

名前を呼ばれた女性が、覚悟を決めたようにキッと顔をあげ、前に歩き出した。だだっぴろい芝生グラウンドの中を、一人きりで意中の男性に向かって歩いていく背中が勇ましく輝いている。

「相田吉雄《あいだよしお》さんの前だ！」

言った後、A児が少しの間を置く。ちょっと待ったコールがないかどうかを確かめているのだ。そして他に声が上がらないことを見極めると、「木部愛子さん、ではお願いします！」と促した。

「二日間、とても楽しかったです。もっと一緒にいたいと思いました。よろしくお願いします」

彼女が花束を差し出すと、相田が進み出て花束を受け取った。一斉に歓声が上がる。

「おめでとうございます！　一組目のカップルが誕生です！」

テレビでの放映時には、この場面でアイドル歌手のラブソングが流れ、スタジオ観覧席からの拍手と重なって、祝福ムードを盛り上げているはずだ。

「今のお気持ちは？」

「どういうところが良かったですか？」

立て続けのA児の質問に、二人がはにかみながら答える。最後に、「末永くお幸せに！」で締めくくられると再び拍手が起こり、二人はカップルベンチに座った。

家族席にいる彼の母親が、涙をぬぐうのが見える。

「それでは次、後藤恵美さん、お願いします！」

——いよいよだ。

恵美は一歩を踏みだす。

ここまでの準備は抜かりなかったはず。あとは、どういう結果となるか——土壇場まで来たら成果を信じるのも、リケジョの矜持《きょうじ》だ。

恵美は、典彦の正面に立つ。

「リーダーの前だ！」

A児が言い終わらぬうちに、「ちょっと待った！」と声が上がった。それもひとつやふたつではない。ざっと聞いた感じでも、十名以上。

複数が名乗り出てくるのは想定範囲だ。背後から、芝生を踏むみしみしという音と、ものすごい執念を背負った女の熱気が近づいてくる。実際、典彦も気圧《けお》されたような顔をしていた。

ずらりと恵美の脇に女性が並ぶ。ちらりと見ると案の定、巨乳、保育士、介護士、事務員、不動産屋など、なじみの面々だった。最終フリートークの時点でフラれたメンバーもいるのは、諦めきれなかったからだろう。

「後藤恵美さん、どうぞ！」

A児が叫ぶ。恵美は深呼吸し、笑顔を作った。

「典彦さんの誠実さと、ご家族皆様の温かなお人柄に触れ、一緒に未来を築いていきたいと思いました。大好きです。どうぞよろしくお願いします」

恵美は花束を差し出し、頭を下げた。

「それでは次の、浅羽博美《ひろみ》さん」

司会が、隣の巨乳にマイクを向ける。

「サーフィンの趣味も合うし、一緒にいて楽しかったです。よろしくお願いします」

順番に全員がアピールを済ませ、いよいよ選択の瞬間になった。

自分の足元を見つめながら、恵美は返答を待つ。

さあ典彦さん。

わたしを選んでこの花束を受け取る？

それとも――。

「よろしくお願いします」

典彦の影が動いた。

「田島由貴さん」

典彦が呼んだのは、自分の名前ではなかった。

「おめでとうございまーす！　皆様、盛大な拍手を！」

顔を上げると、典彦が花束を受け取り、照れ臭そうに由貴の手を取るのが見えた。

昨日のフリータイムで早々と群れを離れ、お宅訪問にも来なかった家事手伝いが選ばれたことに、脇にずらりと並んだ十二人の女性たちは唖然《あぜん》として立っている。

「いやいや田島さん、行きましたねー、最後の最後で」

A児が、家事手伝いの肩を叩く。

「はい。背中を押して頂いて、有難うございました」

「リーダーも、やっとですか。ひやひやしましたよ」

「お陰様で。第一印象から決めていたのに、田島さんには全然話しかけてもらえないし、訪問タイムにも来て頂けなかったので、諦めてました。だけどこうして最後、奇跡的に思いが通じました。本当に幸せです！」

マイクに向かって、典彦が晴れ晴れと言った。

なるほどね。

「では、カップルベンチへどうぞ――」

拍手の中、手を取り合ってベンチへと歩く二人をカメラが追っていく。またこで、ラブソングが流れることだろう。

十三分の一という、母数そのものに含まれていなかった女。

恵美は笑みを浮かべ、惜しみのない拍手を送る。

フラれ組専用のベンチに移動し、それ以降の告白タイムを見学する。いよいよ麻耶が大輔に告白する順番になった。しかし他三名から「ちょっと待った」がかかり、結果、大輔は別の女性を選んだ。フラれ組ベンチにやってきた麻耶は、泣きながら恵美の胸に飛び込んでくる。

「以上をもちまして、第十七回ミッション縁結び逆告白スペシャルは終了です！カップルになった皆様、末永くお幸せに！」

ベンチに座っているカップルを、カメラが順に撮っていく。恵美や麻耶たちフラれ組はA児にもカメラマンにも音声係にも尻を向けられた状態で、ただ撮影が終わるのを白けた気持ちで待っていた。

お別れタイムとなった。

まるで焼香の列のように黙々とバスに乗り込んでいくフラれ組の脇で、カップル組が甘く別れを惜しんでいる。その様子を遠巻きに眺めている男性陣家族の中に典彦の両親を見つけると、恵美は小走りで駆け寄っていった。

「昨日はたくさんご馳走《ちそう》になりまして有難うございました。心からのおもてなし、本当に感謝しています」

恵美が述べると、典彦の母親は気まずそうな微笑を浮かべた。

「まあまあ恵美さん、ご丁寧に」

「なんだか、すまないねえ」

父親も申し訳なさそうだ。

「いえいえ、仕方ないです。また出張で来るかもしれません。万が一見かけたら、お声をおかけくださいね。本当にお世話になりました。お元気で」

最後に深々と礼をすると、恵美は再びバスの列へと戻っていった。背後から両親の「あんなに良い子なのにねえ」というぼやきが聞こえる。

恵美が最後に乗り込むと、バスが出発した。手を振る男性たちの姿が、小さくなっていく。典彦は、ずっと田島由貴に手を振り続けていた。

隣の席では、麻耶がブランケットを抱きしめて号泣している。恵美が肩をさすってやると、ますます激しくしゃくりあげた。

「ああもう、ほんっま悔しい。うちは本気やったのに」

ずーっと洟《はな》をすする。

「最終タイムで、あいつ何て言ったと思う？　式は海外で挙げませんかとか、新婚旅行はどこがいいですかとか、期待させることばっかりやで」

「本当に？　それはひどいね」

「子供が生まれて、もしも一文字ずつ取って名前をつけたら、大輔の大と麻耶の耶でダイヤになりますね、とかさ」

思わず笑いそうになり、慌ててこらえる。しかし麻耶は、恵美の口元に浮かびかけた微笑を見逃していなかった。

「恵美ちゃんは呑気《のんき》やね。悔しくないのん？」

「まあ、悔しくないと言えば嘘《うそ》ね」恵美は答える。「典彦さんも思わせぶりだったもん。正直、落とせたと思った」

「やっぱ、そうやったん？」

「最終フリータイムは四人だったしね。四分の一で二十五パーセントってまあまの高確率でしょ？　でもまあ、結局そもそもの分母に意味がなかったってことなのよ」

「もう、この期《ご》に及んで、また理系なこと言わんといてよ」

麻耶は真っ赤になった鼻を膨らませた。

「でも恵美ちゃんもこれで懲りたんやない？　確率予測やシミュレーションが、何の意味も持たないってことがわかったでしょ。人間の気持ちなんて、あんなふうに土壇場で、ほんのちょーっとしたことで変わるんだから」

「うーん、どうかなあ」

恵美は同意も否定もせず、曖昧に笑った。

「わたしね、決めてん」麻耶が涙をぬぐう。「次の回にも参加する。この番組で、絶対に結婚してやるねん。ねえ、恵美ちゃんもそうせえへん？　また一緒に来ようよ」

「わたしはやめとく。典彦さんと逢うために参加しただけだから。っていうか逆に、麻耶ちゃんはこれで諦めちゃっていいの？　大輔さんに本気だって言いながら、そんな程度の気持ちだったの？」

「もお、なに言うてんの。お互いの相手は、目の前でさらわれちゃったでしょ。次の回に申し込もうよ。何回も何回も参加すれば、恵美ちゃんの大好きな確率が上がるやんか」

恵美は思わず噴きだした。

「ううん、もう本当にこれで最後。だってわたしが好きなのは、典彦さんだけだもん」

「恵美ちゃんのアホ。典彦さんを引きずってたって、しょうがないのに。うちらは、もう負けたんやからね」

麻耶は言いながら、ブランケットを頭まで被《かぶ》った。またすすり泣きが聞こえる。こんなに簡単に大輔のことを諦められるなんて、麻耶の気持ちはそこまで大きくなかったということだろう。それなら次の回に新しい相手を求めるのは正しいし、応援してやりたいと思う。

けれども恵美は違う。

生まれて初めての一目ぼれだった。結婚するなら典彦しか考えられない。だから――。

恵美はモバイルＰＣを取り出すと、イヤホンを耳に入れた。

もうとっくに、典彦たちは帰宅している頃だろう。

アプリケーションを起動させると、パッと典彦の実家のリビングが映る。

——お前が選んだ人なんだから間違いはないと思うよ。ただ、うちに来なかった人なんだろ？　一言も話をしてないから、何ともねえ。

母親が茶をすすりながら、ため息をついている。

——まあまあ、とりあえずはお相手が見つかって良かったじゃないか。

典彦の父親がなだめ、その膝にのった友則が口を尖らせた。

——ぼく、恵美お姉ちゃんがよかったのに！

——ごめんごめん。正直、ギリギリまで迷ったんだけどね。だけど直感を信じることにしたんだ。

典彦が友則の頭を撫《な》でている。

友則にあげたターボから、内蔵のＷｉ－Ｆｉを利用して送られてくる映像と音声だった。ネット環境さえあれば、どこからでもモニタリングできる。全方位撮影できる超小型高感度カメラを仕込んであり、恵美のモバイルＰＣから遠隔操作も可能で、家中どこでも移動し、映すことができるのだ。

昨日の夜、ホテルの部屋から早速ターボを起動して、典彦が家族に本音を話す様子をずっとモニタリングしていた。それによると、恵美が本命ではあるものの、お宅訪問には来てくれなかった家事手伝いの田島由貴も気になっている、ということだった。だから恵美はこの時すでに、選ばれるならどちらかに違いないと踏んでいた。そしてもし由貴が選ばれたとしても、すでにターボという最強のツールで対応している恵美にとっては、全く問題ないのである。

ロケは終わった。けれども恵美の婚活はまだ終わっていない。

初めて会って、自己紹介をして、グループでフリートークをして、実家を訪問して、両親や家族に会う――一般的な婚活なら、やっとここからが本番であるはず。

今回は、過去のデータを集め、パターンを分析し、自分なりの予測を立てて行動したがカップルにはなれなかった。しかし、あらゆる事態に備えてオルタナティブ・ソリューション（代替解決策）を準備しておくのもリケジョの得意技である。

一泊二日で結果が出なかったのであれば、引き続き遠隔で相手の動向をリサーチし、傾向と対策を練り続けるまで。

それに過去のデータによると、カップルが成立したのち、結婚に至らないことも多い。つまり、田島由貴と自分の勝負は、ここから始まるのだ。

大丈夫、きっとうまくいく。

今日の最終フリータイムだって、ターボのモニタリングによって得た情報――典彦が遠距離を心配していたことなど――を基に攻めてみたら、かなりの好感触だった。同様のことをこのまま、ずっと続けていけばいいだけだ。

こうして長期にわたってリサーチと分析とシミュレーションを徹底させ、いつか何かの口実をつけて彼と再会する。彼の出張先に偶然を装って現れてもいい。いや、今から恵美もサーフィンの特訓を始めて、彼が波乗りに行く海岸に居合わせてもいい。ターボがいる限り、いくらでも調整はできるし、可能性は無限大だ。

やっと二分の一――五十パーセントという高確率にまで跳ね上がったのだ。こんなに美味《おい》しい勝負を、みすみす逃す手はない。

田島由貴よ、束《つか》の間《ま》の勝利感を味わっておくがいい。いずれ必ず、奪ってみせるから。

カメラをズームインし、画面いっぱいに映し出した典彦の笑顔をうっとりと眺めると、恵美はその口元にそうっと唇を寄せた。

代理婚活

会場「瑞兆《ずいちょう》の間」は、五十代六十代の夫婦で埋め尽くされていた。

パーティションで仕切られた簡易ブースがずらりと並び、テーブルを挟んで椅子《いす》が置かれている。向かい合って座る年配の夫婦同士は、真剣に顔を突き合わせ、ひそひそと話していた。

「あなた」

妻に声をかけられて我に返ると、いつの間にか自分の並んでいる列が進み、数名分の隙間《すきま》ができている。背後に並んだ同年代の夫婦の、急《せ》かすような視線。益男《ますお》は慌てて、妻と共に列を詰めた。

改めて会場を見回してみる。都内一流ホテルの大広間。高い天井からはシックなシャンデリアがいくつも下がっている。このホテルで一番広く豪華で、土日祝日は結婚披露宴の予約で埋まり、平日には披露宴の下見でカップルやその親がひっきりなしに訪れるという。

しかし今日ここには、結婚披露宴などとは無縁の者ばかりが集まっている。結婚のケの字もない息子や娘に代わって、その両親が出張《でば》ってきているのだ。

忙しくて時間の取れない子供の代わりに、親が婚活を行う『代理婚活』。雑誌やニュース番組で取り上げられているのを見かけた時、益男は「世も末だ」と呆《あき》れた。益男はいわゆる団塊の世代。高度成長期を駆け抜け、ちょうどバブルで沸いている頃に一人息子を育ててきた。豊かな時代で、女性は結婚すれば家庭に入るという風潮だったこともあり、妻の郁子《いくこ》はずっと専業主婦。家事の時間以外は、ずっと一人息子の孝一《こういち》にかまっていた。孝一が高校生になっても部屋を掃除し、洗濯物を畳んでいた。

「自分でさせろ」

益男が叱《しか》っても、

「いいじゃありませんか。わたしたちが子供だった頃は、ちっとも親にかまってもらえなかったんですもの。そんな寂しい想《おも》いはさせたくないって、ずっと思ってたんですから」

とやんわり反論して、郁子はせっせと世話を焼き続けた。確かに自分たちの幼少時代はまだ戦後を引きずっていたし、両親も祖父母もただ生活を切り回すことに必死だった。今ほど電化製品も発達していないから、家事にも一日かかりきり。そんな中、確かに益男も親に世話を焼いてもらった記憶はなく、兄や姉に遊んでもらい、宿題を見てもらった。小学校も高学年になれば自分で弁当を作り、体操着のゼッケンも縫い付けた。それが当たり前の時代だった。特に郁子の場合は長女だったので、三人もいる妹たちの世話を押し付けられ、甘やかされなかったことを今でも根に持っている。その反動もあってか、郁子は孝一に尽くすことに生き甲斐《がい》を見出《みいだ》していた。

振り返れば、当時はそのような家庭が多かった。目いっぱい手をかけることこそが愛情だと思っていた親世代だった。そして現在、それが婚活にまで及び始めたときた。くだらない、バカバカしい——益男は他人事《ひとごと》として鼻白んでいた。

だから先日、郁子が外出から帰るなり、代理婚活パーティに申し込んできたと言った時には、驚くよりも先に、怒りが湧《わ》いてきた。

「何を考えてるんだ！」

そう怒鳴りつけたが、郁子は「自分のお金で支払ったんだもの、文句を言われる筋合いなんてないはずよ」と、しれっと夕食の支度を始める。

結婚当時、二十四歳だった妻は大人しくて従順だった。しかし一緒になって四十年以上にもなれば、すっかり面の皮も厚くなり、何でもずけずけと言う。益男が定年後の再雇用も終え、退職して家にいるようになってからは、さらに遠慮がなくなったように感じるが、それは無職男のひがみだろうか。

自分のお金、と妻が言うのは、陶芸教室のアシスタントとして稼ぐパート代だ。孝一が社会人となって家を出た後、その寂しさを紛らわすために陶芸を習い始めた。もともと手先が器用で、裁縫や刺繡《ししゅう》など集中して一つの物を仕上げることが好きである。最初は箸置《はしお》きや湯呑《ゆのみ》など小物から始めたが、十五年経《た》った今では、花器や大鉢なども精力的に作っている。講師の女性とも馬が合い、益男の退職と入れ替わるように、週に三回、助手として働き始めたのだ。

腹が立つのは、家にこもりがちの益男とは対照的に、妻が生き生きと楽しそうなことだ。しかも玄関の靴棚の上に、ずらりと陶芸作品を並べている。もともとそこは、益男の絵を飾るスペースだった。水彩画は、学生時代からの趣味である。主な題材は草花で、特にネモフィラという群生して咲く青い花をよく描いてきた。額に入れて、居間や廊下の壁に飾っていたのだが、現在暮らす家を買った時、妻に禁止された。

「もう賃貸じゃないんですから、壁に穴を開けないでくださいね」

何枚もの絵が引っ越しの段ボール箱に入ったまま物置へ直行したが、立てかけられる玄関の棚の上にだけ、益男はとっておきの一枚を飾っていた。

そこに、妻が花器や水差しなどを置き始めた。当然、絵は隠れてしまう。だから益男はわざと大きめの絵を描き、陶器の前に置いてやった。すると妻も負けじと大作を焼き上げ、絵の前に置く。そんな無言の攻防を、かなり長い間続けているのであった。ちなみに今では絵は完全に後ろに追いやられ、やたら大きな壺《つぼ》に占領されている。

益男は、テーブルの上に無造作に置かれた領収書を手に取った。パーティ会費が夫婦二人で三万円。この程度のはした金で「自分の金」だと偉そうに。だったらこの家は誰が買った？　今お前が着ているその服は？　そもそも、陶芸教室の月謝は誰が払っていたのだ？　しかしそんなことを言おうものなら、何倍にもなって返ってくる。

「孝一は三十五じゃないか。今時、独身でもおかしな年齢じゃない。四十になってから焦ればいいだろう」

ぶちまけたい気持ちを抑えて、冷静に自分の考えを述べた。

「それじゃあ遅いのよ」

妻はおかずを盛りつけながら、きっぱりと言った。ちなみにその地味で面白みもない皿も、妻の作品である。

「年を取ったら条件が悪くなるのは、男も同じなの。今なら、まだ二十代のお嬢さんと結婚できるチャンスはある。だけど四十になったら、ないと思っていいわ」

結婚市場を把握しているような物言いに驚いたが、何のことはない、領収書と共に置いてあったパンフレットに同じことが書いてあった。大方、説明会で刷り込まれてきたのだろう。

「しかしなあ……三十過ぎの大の男に代わって結婚相手を探すなんて。本人に任せるべきなんじゃないか？」

「任せてたから三十五になっちゃったんでしょ？　孝一は真面目《まじめ》で奥手な子なの。しかも忙しくて出会いがない。わたしたちが一肌脱がなくてどうするのよ。子供の婚活にも、両親のコラボレーションが必要な時代なんですってよ」

　これまた説明会の受け売りを、妻が得意げにのたまった。

　確かに孝一は、家に女の子を連れてきたことがない。郁子が「彼女はいるの？」と聞いても「さあね」とぶっきらぼうに答えるだけ。親の目から見ても平凡な容姿で、特に異性を惹《ひ》きつけるタイプとは思えない。仕事にしても、安定したサラリーマンではなく自営業だ。

　郁子に溺愛《できあい》され甘やかされた孝一だったが、本人は母親の過干渉を鬱陶《うっとう》しがる普通の男子だった。親離れも早く、高校の時にファストフード店でアルバイトをして自分で原付バイクを買った。バイクの整備士になりたいと専門学校に進み、早々と独り暮らしを始め、仲間三人とバイクのメンテナンスショップを開いている。

　早朝から店に出て、油まみれになって真夜中に帰宅するという生活。そんなことでは、確かに女性との出会いは望めそうにない。ショップの仲間もまだ独身で、良《い》い年をして休みとなれば男同士でツーリングへと出かけていく。

「おい」

「何ですか」食卓に着き、両手を合わせながら妻が聞く。

「あいつ、まさか……同性が好きとか、そういうことないだろうな」

益男にしては、思い切った質問だった。が、郁子はあっさり「違いますよ」と否定する。その余裕しゃくしゃくとした表情が気に入らず、煽《あお》りたくなる。

「違うってね、そりゃお前は認めたがらないだろうさ。だからひた隠しにしてるってこと、あるんじゃないか？」

「いやあねえ、お父さん。もしそうでも、今はオープンな時代ですよ」今度はあからさまに呆れた顔をした。「それに、どっちみち違うの。母親にはなんだってわかるんですよ」

「いや、だからそう思い込んで――」

「思い込みだけで言うわけないでしょう。中学生の時から、あの子はいやらしい雑誌をベッドの下の衣装ケースの奥底に隠してましたよ。うちにお友達が集まった時も、アダルトビデオを見てわいわいやってたんですから」

「……そうなのか？」

「まったく、これだから男親は」

それから延々と、いかに益男が子育てに無関心だったかを蒸し返した。モーレッ社員や企業戦士という言葉に踊らされて家庭を顧みず、父親らしいことをしてこなかったせいで、孝一は結婚や父親になるということに対して理想を抱けないのだ、つまり孝一が婚活に消極的なのはそもそも益男のせいだ——という結論を下された。そこまで言われては代理婚活を断ることもできなくなり、それで今日、久しぶりにスーツなどを着て会場にやってきたという次第である。

それにしても、いつ順番が来るのか。

益男は、自分の前に並ぶ夫婦の数を数えた。やっと、あと二組。もうすでに、一時間半は待っている。益男はため息をついて、首からぶら下げている番号札に目をやった。それぞれの夫婦に与えられている番号で、益男夫婦は八である。個人を特定されないよう、会場では名前でなく番号でやり取りすることになっている。このブースで親同士が話して気に入れば、初めて名前と連絡先を交換する。それまでは個人情報は伏せられるのだ。

番号は、各ミニブースにも振られている。つまり、各夫婦にブースが与えられており、本来であれば、持ち場のブースで誰かが来てくれるのを待つなりすればいい。しかし、妻は受付で渡された参加者リストと簡単なプロフィールを見るなり、「十三番のお嬢さんがいい」と言い出した。益男もリストを見てみれば、確かに写真に写っている女性は清潔感があって可愛《かわい》らしい。二十四歳のピアノ教師。なるほど、誰もが「理想のお嫁さん」として思い描きそうな雰囲気である。

喜び勇んで十三番のブースに行ってみれば、長蛇の列。益男たちが気に入るお嬢さんは、他《ほか》の親も気に入るということだ。

親たちは、子供の身上書と写真を持って、辛抱強く列に並んでいる。だだっぴろい会場にいくつものブース、列に並ぶ真剣な面々——既視感を覚え、何だったろうと考え、やっと思い出した。

「そうか、就職活動だ」

突然益男が発した言葉に、身上書の最終チェックをしていた郁子が顔をあげる。

「はい?」

「だからさ、まるで就職活動の合同説明会だと思わないか? ああ、お前は知らないかな。今はこんな風に企業と学生を一堂に集めるやり方もあるんだよ。人気企業のブースには、まさにこんな感じでスーツ姿の学生がずらりと並ぶんだ。身上書ならぬ、履歴書を持ってな。いやあ、まるでそのまんまだ」

笑いながら耳打ちすると、妻はため息をついた。

「全く、あなたったら」

「ははは、まあ就活ほど大げさじゃないか」

「何を言ってるの。就職なんかよりずっと大切ですよ。一生がかかってるんですから」

　ほとほと呆れたように首を振ると、妻は前に進んだ。やっと順番が回ってきたのだった。

「よろしくお願いいたします。うちの息子の写真と身上書です」

　椅子に座るなり、郁子がA4サイズの書類を先方に渡す。

「息子はバイクの整備工場を経営しています。男ばかりの世界でしてね。三十五歳になりますが、女性の方と知り合う機会がなくて」

　一方的に話す妻に、先方の夫婦はにこやかに頷《うなず》く。その手元には、プライバシーを配慮して裏向けられた身上書と写真の束が、ざっと三十通は積んである。後に続く長い列を考えると、最終的には五十通にはなるだろう。孝一はそのうちのひとりに過ぎない。既にげんなりしながら、益男は妻の隣にただ座っていた。

「うちの娘はピアノ教師でして、身近な男性は生徒さんの保護者だけでねえ」

栗色《くりいろ》の髪をゆるくシニヨンに結った女性が、ほほほと口元に手を当てた。郁子とさほど年齢は変わらないはずだが、色白の肌はなめらかで、若々しい美しさがある。そんな妻を、隣に座る銀髪の男性が優しく見ながら言葉を継ぐ。

「お相手を探そうにも毎日レッスンがあるので、時間がないんです。わたしたちも早く孫の顔を見たいですし、娘に代わって参上したわけでして」

自分と違って、この男は積極的に代理婚活に参加しているようだ、と益男は思う。それから互いに、子供たちの趣味や仕事について話した。ここで交換されるのはあくまでも子供についての情報だけであるが、育てた親のことを観察できる貴重な場でもある。十三番の夫婦の外見や物腰、話し方を総合すると、品があって感じが良い。義家族としては付き合いやすそうだし、この二人に躾《しつ》けられた娘となれば申し分のないお嬢さんだろうと想像がつく。そういう意味で、親同士が先に顔を合わせる代理婚活は、確かに意義のあるものかもしれない。

「あの……実はひとつだけ、娘の希望条件がありまして」

母親の方が、遠慮がちに言った。

「結婚後も、ピアノ教師は続けたいとのことなんです」

「あらあ、そんなこと。うちの息子は気にしないと思います」

妻が言うと、母親が、さらに遠慮がちに首をすぼめる。

「いえ、そうなりますと、新居にピアノを置かせていただくことになるんです。防音工事の費用は当方が持たせていただきますが、ただ、グランドピアノを二台置けるような広いお部屋が必要になるので……その点はいかがでしょうか」

益男は、孝一が一人で暮らす家を思い浮かべた。独身だから1LDKくらいのマンションで充分なのだが、家でもバイクをいじりたいからと、郊外にガレージ付きの中古の戸建てを買った。部屋には困らないだろうが、工具や部品が散乱したガソリン臭い家にグランドピアノが合うとは思えない。

「大丈夫だと思いますわ。息子には持ち家がありますから」

しかし妻は自信ありげに、そして自慢げに言った。郊外ながら東京都内の戸建てというところに、心なしか相手夫婦の目が輝いたように見えた。

それから初婚であることや子供がいないことを確認し、終了となった。会釈をしながらブースを離れた妻が、ふうっとため息をつく。

「すごいセレブ夫婦ねえ。あのご主人、元お医者様だわよ」

「どうしてわかる？」

「荷物置きの椅子の上に、革製のバインダーが置いてあったでしょ。そこに病院のロゴが入ってたの」

確かに、使い込まれたバインダーがあった。だが益男はロゴなどに注意していない。女親の目はすごいな、と思った。

「奥さんのネックレスと指輪、見た？　あれ、何カラットかしらねえ。毛皮のコートもすごかったわ。娘さんも素敵だし、あんな人たちとご縁があればいいなあ」

益男自身はサラリーマンだったが、一応は大手企業の部長まで勤め上げた。それでも無論、セレブとは程遠い。

「グランドピアノ二台に防音工事か。ま、そんなお嬢様が孝一に嫁いでくれるはずがないな。無理だよ」

つい意地悪い言葉が出る。

「やっぱりそうよね」

郁子は残念そうに微笑した。再び参加者リストに目を通すと、

「さ、次は二十六番の方に会いに行ってみましょう」

と気を取り直したように目的のブースへと足を速めた。


パーティに参加した数日後から、次々に封書が届き始めた。

開けなくてもわかる。孝一の写真と身上書だ。

代理婚活パーティの主催会社は、あくまでも出会いの場所を提供するだけで、その後の付き合いには一切干渉しない。だから各自で写真と身上書を交換するのだが、その際、自分たちの住所と宛名《あてな》を記入し、切手を貼《は》った返送用封筒も一緒に相手に渡すよう指示されていた。個人情報なので、持ち帰って子供に見せても興味を示さなければ、送り返すという決まりなのだ。つまり返送イコール断り、である。

「北野律子《きたのりつこ》さんってどの方だったかしら。ああ、二十番のお嬢さんね。そう、あのお嬢さんなら年も近いしご縁がありそうだと思ってたのに、ダメだったのねえ」

封筒を開けるたび、返送者の名前とリストを見比べ、妻はがっくりと肩を落とす。

回ったブースは、十三番を含めて計十名。既に半分以上から返送されていた。

妻が待っているのは「小さな封筒」だ。子供が興味を示し、顔合わせをしてもいいと言ったら、事前に配られている「顔合わせ打診書」に記入して相手に送るのである。打診書は「気に入った理由」と「希望日時・場所」を書く欄があるだけの、ペラ一枚の紙だ。封筒は一番小さな長4サイズ。だから郵便受けを開けて封筒の大きさを見ただけで、開封するまでもなく可か不可かがわかってしまう。

これもまるで就職活動だなと、益男は思った。内定通知なら薄い封筒、履歴書の返送を兼ねた不採用通知なら厚い封筒。だから開けなくてもわかってしまうのだと、就活生が苦笑いしていた。選ばれるか、選ばれないか——人生ってのは、そういうことの繰り返しなんだな、と益男はぼんやりと考える。

滅多に実家に寄りつかない孝一だが、今日の夜こそは来るように郁子にきつく言われていた。まだ断られていない残りの女性の写真と身上書を見せ、会いたい女性を選んでもらうためだ。

代理婚活パーティに行ったと郁子から聞かされた孝一は、全く興味を示さなかったらしい。

「あげくに、何て言ったと思う？　『母さんも親父《おやじ》も暇なんだね』ですって！　どうしてあんなに愛想のない子になっちゃったのかしら」

お前が世話を焼きすぎるから辟易《へきえき》してるんだよと言おうと思ったが、やめておいた。郁子の愚痴はしばらく続き、あげくには「ああいうところ、本当にお父さんにそっくり。だいたいあなたも昔から――」と矛先がこちらに向いてくる。やれやれ、これが結婚生活なんだとすれば、孝一が興味を示さない気持ちもわからなくもない。

「もういいじゃないか。俺たちはパーティにも行ったし、親としてやれることはやった。あとは見守って――」

「何を言ってるの！」

妻のまなじりがひゅっと吊《つ》り上がった。しまった、と思った時には遅かった。

「あなたがそんな呑気《のんき》だから、こんなことになってるのよ。だいたいあの子が結婚しないでぼんやりしてるのも、あなたが言い聞かせてくれないからじゃない。だいたい男親っていうのは――」

料理をこしらえていた妻はくるりとこちらを向き、片手を腰に当て、包丁を持った手を興奮気味に上下させながらまくしたてる。くわばらくわばら。

「あ、郵便が来たんじゃないか。打診書が届いてるかどうか、見てくるよ」

車の音にかこつけて、益男はそそくさと玄関を出た。

郵便受けを覗《のぞ》いてみると、大きな封筒が数通届いていた。火に油を注ぐばかりだなと思い、益男はそのまま煙草《たばこ》を買いに出ることにした。

コンビニで煙草を買ってから川べりをぶらぶらと歩いていると、背後から「石田《いしだ》さんではありませんか?」と声をかけられた。振り向くと、十三番のブースの母親が立っている。

「ああ、これはこれは……ええと、吉村《よしむら》さん、でしたかな」

「そうです。吉村葉子《ようこ》の母、久恵《ひさえ》です。先日はどうもお世話になりました」

「こちらこそ」

「ちょうど良かったですわ。お宅へお伺いするところでしたの」

「うちに……ですか?」

はて、と首を傾《かし》げていると、久恵はバッグの中から白い封筒を取り出した。

「こちらをお送りしようとしたのですが、ちょうどご近所に用事があったので散歩がてらお届けしようと」

「わざわざ？　それはお手数をおかけしました」

受け取りながら、封筒のサイズが小さいことに気がつく。もしかして――。

「普通ならここまでいたしませんが、孝一さんのことを娘が大変気に入りまして。是非お目にかかってみたいと言うものですから、ご挨拶がてら」

益男は驚いた。郁子が一番気に入っていた、しかし諦《あきら》めていたお嬢さんからの申し出である。

「光栄です。いやあ、妻が泣いて喜びますよ」

大げさではなく、返送続きで嘆いていた妻の憂鬱《ゆううつ》も、これで吹き飛ぶだろう。

「本当ですか？　嬉《うれ》しいわ。でもあの、孝一さんご自身は……」

「すみません、実はまだ見せてなくて。忙しいの一点張りで」

「そうですか」

母親は、肩を落とした。益男は慌てて付け加える。

「今夜うちに来るんです。その時に話をすることになってまして」

「まあ、良かった。葉子のこと、気に入ってくださるといいのだけど」

「気に入らないはずはないですよ」

お世辞でなく、本音だった。あの写真を見せられて断る男はいまい。

「それにしても、この辺りは自然が多くて、良い街ですねえ」

久恵が周辺を見渡した。ちょうど夕陽《ゆうひ》が街を茜色《あかねいろ》に染め上げ、川面《かわも》には黄金の粒が浮かんでいる。うっとりと目をやる久恵の横顔に、益男はどきりとした。

きれいな人だとは思っていたが、改めてその美しさに見入ってしまう。

きりりと整った鼻筋に、桜の花びらのような唇。長いまつ毛が、目元に艶《つや》っぽい陰影を作っている。襟元から覗くほっそりとした白い首筋は黄金色に輝き、後れ毛が風に揺れる度、なんともいえない色香を漂わせた。

こんな女性を描いてみたい――。

これまで益男が描いてきたのは植物ばかりで、題材として人物に惹《ひ》かれたことはない。しかし久恵を見ていると、この美しさを絵で表現してみたいという創作意欲が掻《か》き立てられる。

目を奪われていると、ふと久恵がこちらを向いた。益男は慌てて視線を逸《そ》らす。

「それでは失礼いたしますわ。奥様にも、よろしくお伝えくださいませ」

冬の夕陽に溶け込んでゆく久恵の後ろ姿を、益男はいつまでも眺めていた。

帰宅すると、孝一が来ていた。既に食卓に着き、郁子の手料理を食べている。益男の姿に、「親父、おかえり」とビールの入ったグラスを掲げた。

「俺も付き合うかな」

食器棚から自分用にグラスを出すと、米飯をよそっていた郁子が「あら珍しいわね」と言った。益男はあまり酒を飲まない。サラリーマン時代には付き合いで飲んでいたが、家で晩酌することは皆無だった。

「ん？　ちょっと良いことがあったからね」

孝一の注《つ》いでくれたビールに口をつけ、胸ポケットから白い封筒を出す。

「良いこと？」

郁子が訝《いぶか》しげに白い封筒を取って、開けた。

「あらまあ！　あのお嬢さんが孝一を？」

予想通り、郁子は手を叩《たた》いてはしゃいだ。孝一は何のことかわからない様子で、郁子と益男の顔を見比べている。

「パーティでとても人気のあったお嬢さんが、あなたのことを気に入ったのよ」

郁子が葉子の写真と身上書を、孝一に見せた。

「はあ、これね」

孝一は写真を見てから、パラパラと身上書をめくった。

孝一が目を通している間、顔合わせはどういう店がいいだろうと益男は考えていた。気取った店だと若者は退屈するだろう。かといってカジュアルすぎるのも先方に失礼だ。そうだ、益男が行きつけの画廊レストランはどうだろう。美味《うま》いのももちろんだが、良い絵がたくさん壁にかかっている。自分の好きな空間に、久恵を連れていきたい気がした。

「どう？　素敵なお嬢さんでしょう」

「確かにきれいな人だね。で、いつ会えばいいの？」

「ええと」郁子が打診書に記載されている希望日時を確認する。「来週の週末か、その次の週末ってなってるわ」

「週末かあ。ショップの手が足りないからなあ」

「じゃあお休みはいつ？　先方に聞いてみるから」

「うーん。スクラップ工場に部品を仕入れに行かなくちゃならないんだよ」

ちゃんと予定を確認しようともせず、のらりくらりと惣菜《そうざい》をつついている。

「最初の顔合わせくらい、女性側の予定に合わそうという気はないのか？　お前はそれでも男か」

久しぶりに、厳しい口調になった。社会人になってからは息子に怒ることなど滅多にない。だからなのか、孝一は少しぎょっとなり、

「だけど――」と口ごもった。

「俺も母さんも、貴重な時間を使って相手探しをしたんだぞ。もう三十五なんだ、ちょっとは将来を真剣に考えろ」

真正面から叱られ、孝一はやっと手帳を開いて予定を確認し、あちこちに電話をかけ始めた。

「来週の土曜なら、バイトの子に入ってもらえることになった」

孝一の言葉に、益男は満足げに頷いた。

「よし。時間と場所が決まったら、すぐに知らせるからな」

孝一が食事を終えて帰ると、郁子が「お父さん、やる時はやるのね。見直したわ」といそいそと益男にビールを注いだ。

「やっぱり男親は、あれくらいガツンと言ってくれなくちゃね」

「ん？　まあな」

益男は上機嫌でビールを飲み干した。

ほろ酔い気分で自室にこもる。鉛筆を取りスケッチブックを広げ、記憶を頼りに、川べりに佇《たたず》む久恵の姿を描いていく。

濡《ぬ》れたような瞳。うっすらと微笑《ほほえ》んだ唇。白く、なめらかな首筋。

横顔、正面、上半身のみ、全身。いろいろな構図で、何枚も何枚も描いた。

来週には再び久恵に会えるのだ。

そう思うと、胸が高鳴った。

何を話そう。食事は何が好きなのだろう。久しぶりに、英國屋《えいこくや》で仕立てたスーツを着ていくか。

そんなことを考えている自分に気づき、はたと手を止めた。なんだ、このふわふわした甘やかな気持ちは。

もしかして久恵に対して湧き起こった気持ちは絵心でなく、恋心だったのか——。

スケッチブックから顔を上げて、しばし呆然《ぼうぜん》とする。

そろそろ古希に手が届く自分に、まだこんな気持ちが残っていたなんて。この先、ただ寂しく老いていくだけだと思っていた人生に、思いがけず光が差した気がした。なんだか嬉しくて、くすぐったかった。その淡い想いを手に託すように、益男は再び鉛筆を走らせた。


初めての顔合わせは、昼食会となった。

「素敵なお店ですこと。こんなレストランがあるなんて知らなかったわ」

画廊レストランに足を踏み入れた途端、久恵が珍しそうに見回した。大切にしている空間を褒められ、益男は有頂天になる。

奥まったテーブル席に、両家六名で座った。両親に挟まれた葉子と、益男と郁子に挟まれた孝一とが向かい合う形だ。

実際に会う葉子は、清楚《せいそ》で可愛らしかった。普段は無口な孝一だが、仕事や趣味などについて珍しく自分の方から話している。葉子も海外旅行や好きなピアニストのことを語るなど、会話は弾んでいるようだ。しかしそこは初対面同士、だんだん会話が途切れがちになり、ついに沈黙となってしまった。フルコースなので、デザートまでまだまだ間を持たせなければならない。どうしようかと考えていると、テーブル近くの壁に飾ってある一枚の絵が目に入った。

　絵は定期的に入れ替えられ、それを見るのは初めてだった。一辺が二メートルはある大きなキャンバス。一面は真っ青に塗りつぶされ、ところどころ白い点があるだけだ。タイトルを確認すると『自我』となっている。ほう、これはネタになりそうだ。

「あの絵、何だと思いますか?」

　沈黙を破った益男を、五人が見た。

「あら、あれ壁じゃなくて絵なんですか?　ずいぶん大きいんですね」

　葉子が驚く。

「きっと海だわ」

　久恵が言い切った。

「いやいや空だろう。ほら、雲がある」

　久恵の夫、順二《じゅんじ》が白い箇所《かしょ》を指差す。

「実はね、あれは『自我』です」

「『自我』？　あれが？」三人が声を揃《そろ》える。

「内なる感情を、色彩をもって表現しているんでしょう。恐らくあの絵は、抽象表現主義の影響を受けているんですな」

益男の言葉に、みんながぽかんとした。

「昔ニューヨークで活発だった美術ムーブメントです。イーゼルに載るサイズでなく、大きなキャンバスを使うのも特徴です。それから――」

「あらニューヨークといえば」

久恵がパッと顔を輝かせる。

「この間行ってきたんですよ。フィフス・アヴェニューに新しいブティックができていて驚いたわ。ねえ」

「ええ、ファーストクラスだとたくさん荷物を預かってもらえるから、買いすぎちゃったわね」

「ロックフェラーセンターは、今年もクリスマスツリーがきれいだろうなあ」

吉村家が楽しげに話しだす。

良かった。絵のことが、話の接ぎ穂となった。

ニューヨークの話題となると、石田家はついていけず、ただ聞くだけとなる。しかし益男は、ただただ久恵の声に耳を傾けることが嬉しかった。

久恵の表情。仕草。いつまでも見ていたかった。


ランチの後、吉村家と別れた。本当は喫茶店でコーヒーでも一緒に飲みたかったが、孝一が店に戻らなければならないので、お開きになったのだった。

「いやはや、本当に良いご家族だなあ」

益男は上機嫌で家に帰った。

「孝一もずいぶん気に入ってたみたいね。話も弾んでたじゃない」

急須で茶を淹《い》れながら、郁子も嬉しげだ。

「並んでみると、意外とお似合いだったしね。嬉しいご縁だわ」

「ああ、理想的だ」

茶をすすりながら、つい口元が緩む。今日は本当に楽しかった。孝一と葉子が結婚してくれたら、こんな風にしょっちゅう久恵と会うことができる。

「そうだ。今日のお礼の電話をしておいた方がいいな」

益男の言葉に、郁子は頷いた。

「わたしもそう思っていたところなの。やはりこういうのは、お嫁さんを頂く立場の方からするのがケジメでしょ」

「うん、それじゃ一つ、俺からしておくよ」

「お願いするわ。よかった、お父さんが孝一の婚活に積極的になってくれて」

益男は廊下に出ると、自分の携帯から久恵の携帯の番号を押した。呼び出し音が鳴っている間に、心臓の鼓動がどんどん速くなる。

——もしもし。

声を聴いただけで、きゅっと胸が鳴った。こんな気持ちは、いったい何十年ぶりなのだろう。

「石田でございます。本日はご足労頂き、有難うございました」

——こちらこそ、とっても楽しかったですわ。孝一さんはとっても好青年で、葉子はますます気に入ったみたい。石田さんの絵画のお話も、面白かったです。

「それはどうも」

益男が絵の話をすると、妻はまた始まったとばかりうんざりした顔をする。それを褒めてくれるなんて。益男はすっかり気を良くした。

——芸術への知識が深くていらっしゃるんですね。

「とんでもない、自分で描くうちに、なんとなく人の絵も解釈したいと思うようになっただけです。知識と呼べるものではないですよ」

——あらまあ、ご自分でもお描きに？

「恥ずかしながら。自己流で、下手《へた》ですがね」

——絵をお描きになるご主人なんて、奥様はご自慢でしょうね。高尚なご趣味ですわ。

益男は、物置に放置されている自作の水彩画を思い浮かべる。久恵のような女性と結婚していたら、正しく評価してもらい、家の中に居場所を与えてもらえていたかもしれない。

——是非見てみたいわ。

「え」

ドキン、と心臓が跳ねる。

——絵のことなんてわからない素人《しろうと》ですが、いつか石田さんの作品を見せてくださいね。

不覚にも、涙が出そうになった。こんな自分の絵に興味を持ってくれる人がいる。仕事を辞めた自分が、今最も情熱を傾けているもの——それに共感してくれたことに、益男は感激した。

電話を切っても、まだ余韻に浸っていた。視線の先に、久恵のまぼろしが浮かぶ。そのまぼろしが、柔らかく益男に微笑みかけた。

これは一日も早くこの縁談をまとめなければ。

益男は弾んだ気持ちで「今後の進め方を話し合おう」と孝一にメールを打った。

次の日の夕方、連絡もなく孝一がやってきた。バイクの買取査定に行く途中だと言う。

「あれ、母さんは?」

革の手袋を外しながら、孝一ががらんとした台所に目を向ける。

「陶芸の日だよ。お前が来るなんて思ってないから」

益男がコタツを勧めると、孝一はツナギ姿のまま向かいに座った。

「母さんにも聞いてもらいたかったけど、仕方ないや。あのさ、葉子さんとの話、断ってほしいんだ」

ミカンを剝《む》いていた益男は、え、と顔を上げる。予想外だった。

「でもお前……楽しそうに話してたじゃないか」

「当たり前だろ、礼儀じゃないか。だけど、なんか話が嚙《か》み合わない。俺、ああいう大人しい人より、活発な人がいいんだ。一緒にバイクいじったり、ツーリングに行けるようなさ」

「ツーリングなんて、女性には危ないだろう」

「そんなことない、女性ライダーは結構いるよ。昔結婚を考えてた彼女もそうだったし」

「――そうなのか？」

そんな女性がいたことに、少々驚く。

「ツーリング先で知り合った人で遠距離だったから、結局ダメになったけどね。とにかく、俺はピアノもクラシック音楽も興味ないし、葉子さんとは合わないと思う。自営だから店を手伝ってもらいたいけど、葉子さんには無理だろう？」

「そんなにすぐ結論を出さなくても。せめてあと何回か会ってから――」

「いや、きっと先方も同じ気持ちだと思うよ。葉子さんもご両親も、俺のこと気に入らない様子だったから」

「何を言ってるんだ。三人とも大いに乗り気でいらっしゃるぞ」

「そうなの？」孝一は、意外そうな表情をした。「そうは思えなかったけどなあ」

「どうして」

「だって葉子さん、俺の手を見て嫌そうな顔をしたよ」

「びっくりしただけだろう」

「そうかなあ。すごく冷たい目だったけど。そういうのって取り繕ってもわかっちゃうじゃん」

孝一がコタツの上に置かれた籠《かご》の中からミカンを取り、剝《む》き始める。節の太い指も爪《つめ》の中も、油が染みついて真っ黒だ。いかにも労働者の手である。

「ご両親も愛想はいいけど、目が全然笑ってなかったしね。親父が場を繋《つな》げようとして絵の話をしたのに、ぶったぎって自慢話を始めるしさ。家族全員ロレックスの時計っていうのもこれみよがしだし。あと、食べ物を残してたよね。ああいう家族って好きじゃないな」

彼らの会話や行動をそこまで悪意に取るとは。益男は呆れた。単に理由をこじつけて、結婚したくないだけなのだろう。

「逆にさあ、なんで親父はあの人たちのことを気に入ったの？」

「そりゃあ……理想的なお嬢さんじゃないか。ご両親もきちんとしているし」

「親父らしくないね」

「――え？」

「普段だったら、ああいうセレブ然とした人を品がないって批判するじゃないか」

「しかし、結婚相手は裕福なことに越したことないだろう」

益男は咳払《せきばら》いする。確かに孝一には、たとえ金持ちになっても見せびらかすような下品なことはするなと、教えてきた。

「吉村家は立派な人たちだよ。ああいうご家庭と一緒になれるなら安心というものだ」

昭和の頑固おやじはどこへやら、すっかりポリシーを翻《ひるがえ》した益男を、孝一は困惑したように見つめる。

「お前こそ、そうやって上から目線で先方を批判するなんて何様のつもりだ。それに、父さんの絵の解説には、そりゃあ感心していらしたんだぞ。わざわざ電話でお礼を言われたんだからな。教養のある、良いご夫婦だ」

「うーん、そっか。じゃあご両親に関しては、俺の思い違いかも」

「先方も緊張なさっていたんだろう。全くお前は、人を表面で判断するんじゃないよ」

「わかったわかった、俺が悪かったよ」

　孝一は素直に謝った。

「きっと本当に良い人たちなんだろうな。親父がそこまで庇《かば》うなんて珍しいもん」

　孝一は何気なく言ったのだろうが、見透かされたようでぎくりとした。孝一はミカンを食べ終わると、立ち上がってゴミを捨てる。

「骨を折ってくれたことには感謝してる。希望に沿えなくて悪いけど、やっぱり断っておいて。母さんにはうまく言っといてくれると助かる。じゃあ」

　それだけ言うと、孝一は仕事に戻っていった。

　益男は呆然としていた。

孝一と葉子は付き合い始めるのだと信じて疑わなかった。結果として結婚に至らないことはあっても、あんなに可愛らしいお嬢さんなのだから、何度かデートするのは当然だと。

しかし思いがけず、孝一は興味を示さなかった。つまり、もう二度と益男は久恵に会えない――。

益男は肩を落とし、残りのミカンを食べた。やたら酸っぱく感じる。顔をしかめながら食べ終わると、携帯電話を取り出した。気が重いが、嫌なことは早く片付けてしまう方が良い。郁子に話してからとも思ったが、大騒ぎするのは目に見えている。今のうちに電話をしてしまおう。

昨晩の発信履歴から電話をかける。すぐに朗らかな応対が聞こえた。益男が名乗ると、「あら、ちょうど良かったわ」と声が弾んだ。

――今、葉子と次のデートの場所の相談をしてたんです。

「あの、実は――」思い切って切り出す。「有難いのですが、孝一は――」

――横浜のイングリッシュガーデンで、有名なゴスペル歌手のミニライブがあるんですって。それに行ってみたいって葉子が言うんです。

イングリッシュガーデンにゴスペルか。確かに、孝一には合わないかもしれない。

「それがですね、今回のお話は——」

——せっかくですから、わたしたちも行こうかと。石田さんも奥様とご一緒にいらっしゃいませんか？

「一緒に？」思いがけない申し出に、思わず「いいんですか？」と聞いていた。

——もちろんです。ダブルデートならぬ、トリプルデートしましょうよ。

久恵が少女のような笑い声を立てた。トリプルデート。当然、自分は郁子とカップルであるのに、頭の中ではなぜだか自分の隣には久恵がいるのだった。

「そうですね、是非みんなで行きましょう」

後さき考えず、咄嗟《とっさ》に言っていた。

「じゃあ孝一にも日程を確認してから……ええ、失礼します」

玄関が開く音がした。電話を切る間際のタイミングで、郁子がリビングに入ってくる。

「あら、今の吉村さん？　次の約束をしてるってことは、孝一も葉子さんを気に入ったのね。ま、当たり前か」

「ああ、孝一にセッティングを頼まれてね」嘘《うそ》がすんなりと口をついて出た。「ただ、お前にせっつかれるのは嫌なんだそうだ。だから孝一とのやり取りは、これから俺がやるから。いいな？」

「はいはい。ここからは男同士ってことね。女親は引っ込んでおきますよーだ」

よっぽど嬉しいのだろう、珍しくおどけている。孝一の本心を告げたら、郁子も大きなショックを受けるに違いない。

自分でも愚かなことをしていると思う。けれども初めて恋をした中学生のように、ただただ久恵に会いたかった。

強引に孝一を連れていこう。どうしても無理なら、急に仕事が入ったことにすればいい。

二度目の約束の日。待ち合わせ場所であるイングリッシュガーデンのチケット売り場に、孝一は来なかった。何度も説得したのだが、断られてしまったのだ。

「すみませんね。急な仕事が入ったらしくて。あいつも、葉子さんに会えるのを楽しみにしていたんですが」

益男の謝罪を、疑う者などいない。吉村家は口々に残念がり、郁子は「全くあの子ったら」と憤慨した。

「まあまあ。お得意さんに呼ばれたら仕方がないよ」

郁子をなだめるが、「やっぱりお父さんに任せるんじゃなかった」とぷりぷり怒っている。

予定通り、五人で入園した。あからさまにがっかりしている葉子に、胸がちくりと痛む。

葉子には申し訳なかったが、こんなに素敵な女性なのだ。孝一との縁談がまとまらなくたって、引く手数多《あまた》だろう。今日一日だけ、老い先短い老人のワガママに付き合ってもらうとしよう。こうして最後に、久恵とゆっくりと過ごすことができれば充分だ。

ミニライブを観《み》てから、広大な庭を散策した。久恵を、つい目で追ってしまう。クリスマスローズを愛《め》でる久恵。見事なカトレアにはしゃぐ久恵。ビオラの群生に感動する久恵――。

きっともうこの先死ぬまで、こんな気持ちを抱くことはない。この想い出を宝物にして、余生を過ごすのだ。

ああ、本当に孝一が葉子さんと一緒になってくれたら申し分なかったのに――。

楽しい時間は瞬く間に過ぎ、別れる時間となった。吉村家はＪＲ、益男たちは地下鉄なので、ＪＲの改札口で挨拶をする。

「今日は一日どうもありがとうございました。とっても楽しかったです」

駅での別れ際、葉子が言った。

「孝一のこと、すみませんでしたね。せっかくお時間を取って頂いたのに」

心からの謝罪だった。今日この後、益男は断りの連絡を入れなくてはならない。

「あの……孝一さんに直接連絡を取ってみたいんですけど、ご連絡先を教えていただけますか？」

葉子がおずおずと言った。至極当然の要求だ。本来なら初顔合わせが終わって、互いに前進する意思確認をした後は、めでたく親の代理活動は終了となる。そして今日の集まりが、その先の二人の仲を深める大事なステップアップの日であったはずだ。

「もちろんよ、ちょっと待って」

郁子が携帯電話を操作し、アドレス帳を開いている。いつも履歴に頼り切っているので、電話番号もメールアドレスも正確に覚えてはいないのだ。

「俺が書くよ、覚えてるから」

益男は胸ポケットから手帳とボールペンを取り出し、メールアドレスだけ書きつけた。孝一のでなく、自分のである。電話番号は久恵に渡してしまっているので同じだとバレてしまうが、メールアドレスなら交換していない。とりあえず、断るまでの時間をしのげればいいのだ。書いたページを破って折りたたみ、葉子に手渡す。

「有難うございます」

葉子は嬉しそうに押し頂き、両親と共に手を振って改札から構内へと入っていった。

――さようなら、久恵さん。

遠のいていく久恵に向かって、益男は胸の中で呟《つぶや》いた。

「全くもう、孝一ったら。仕事のこと、今日くらい何とかできなかったのかしらねえ」

地下鉄へと向かいながら、腹だたしげに郁子が言った。一日中、ずっと気にしていたのだろう。

「お前、くれぐれも孝一を怒ったりするんじゃないぞ。男はそういうの、嫌がるからな」

釘《くぎ》を刺しておく。孝一との会話が噛み合わなくなり、いつかはバレるかもしれないが、直後は避けたい。

「んもう、わかってるわよ」

膨れっ面をして、郁子は先に改札を抜ける。その背を追いながら、ありもしない期待をさせて悪かったと、心の中で詫《わ》びた。

さて、どのタイミングで断りの電話を入れるべきか。なるべく早い方がいい。彼らが電車から降りる頃を見計らって――。

考えているうちに、益男の携帯電話が震えた。メールが届いている。早速、葉子からだった。

『先ほどお父様よりアドレスを教えて頂きました。帰りの電車の中で早速メールをしています。今日はお目にかかれずとても残念でした。けれどもお仕事では仕方がありませんね。それに、それほど打ち込めるお仕事があること、素晴らしいと思います』
性格の良いお嬢さんだな、と改めて感じ入る。
『次はいつお目にかかれますか？　今日の埋め合わせで、楽しいところに連れて行ってくださいね（笑）。映画や遊園地などいかがですか？　お返事待っています。
葉子』
映画に遊園地か。いかにも若者のデートだなと状況も忘れてつい微笑ましく思い、それどころじゃない、と慌てて頭を振る。こんなにすぐに連絡が来るとは思わなかった。ここは無視をするしかないだろう。いずれにしろ、仕事だということになっているのだ。
家に帰り、そろそろ電話をしようとした時、再びメールが届いた。
『ご返信がないので、無理を言ってしまったのではと反省しています。もし休みの日に外出が大変なようなら、ケーキでも焼きますので、遊びにいらっしゃいませんか？
葉子』
遊びにいらっしゃいませんか、という誘い文句に目が吸い寄せられる。葉子は自宅暮らしだ。ということは、久恵が暮らす家ということになる。

『本日は急な仕事で抜けられず、大変失礼いたしました。是非、お邪魔させていただきたいと思います。ただ、厚かましいお願いですが、両親を連れて行っても良いでしょうか。

孝一』

何をやってるんだ、俺は。バカ者、やめろ——自分の理性が戒《いまし》めるのに、恋に浮かれたもう一人の自分がせっせとメールを打ち、送信してしまった。

一度だけ。あと一度だけだ。そしたら今度こそ、諦める。

最後に会って、話すだけ。ただそれだけでいい。他には何も求めない。求められない。完全にプラトニックな恋心。この先、いったい何年生きられる？　最後にもう一度逢《あ》いたいと願うくらい、許されるのではないか。

しばらく経《た》って、返信が来た。

『お父様、お母様ともどもお越しくださいませ。楽しみにしています』

思わず笑みがこぼれる。

そのまま縁側の外に目をやると、何の変哲もない庭でさえイングリッシュガーデンに見えた。咲き乱れる花の中に、再び久恵の姿が浮かぶ。その匂《にお》いたつほど美しいまぼろしに、益男はしばし見惚《みと》れた。


吉村家へ訪問する日が、三日後に決まった。問題は郁子だった。

「今度ばかりは仕事を入れないようにきつく言っておかないと」

と孝一に電話やメールをしようとするのを、「当日は俺が孝一の家に寄って、必ず連れていくから」と、なんとか押し止《とど》めた。孝一の方からも郁子に連絡を取らないよう、「代理婚活をまた始めたぞ」と脅かしておく。

そして迎えた当日。

手土産を買いにデパートへ行っていた郁子と、吉村家の最寄り駅で待ち合わせた。現れた益男が一人なのを見て、顔色が変わる。

「孝一は？　迎えに行ったんでしょ？」

「少し遅れてくるって。どうしても急な仕事があるんだそうだ」

郁子のこめかみが、ぴくりと動いた。

「遅れるって、どれくらい？」

「一時間くらいだって」

「全く、もう」

ぷいっと郁子は歩き出した。肩が怒っている。

吉村家に到着すると、家族総出で玄関まで出迎えてくれた。

「ようこそいらしてくださいました」

にこやかに言いながらも、三人の視線が益男と郁子の背後を戸惑い気味にさまよう。

「あの……孝一は遅れてくるって」

申し訳なさそうに郁子が言うと、三人は少しがっかりした表情をした。が、すぐに、

「お気になさらないで。いらしてくださるのなら嬉しいわ、ねえ」

と久恵が葉子に言った。

「そうよ、お茶を飲んで待っていればいいわ」

葉子も頷く。

「さあ、こんなところに立ってないで。どうぞ」

順二が中へと案内する。益男と郁子はスリッパを履いて後に続いた。

センスの良いインテリア。掃除も完璧《かんぺき》に行き届いている。まるで高級マンションのモデルルームそのもので、生活感を感じさせない。

ここで、久恵は暮らしているのか。

益男は、そっとキッチンカウンターを撫《な》でた。久恵が愛《いと》おしんで創《つく》りあげたであろう空間は、益男にとっても愛おしかった。

「素敵なお宅ですねえ。これじゃあ、恥ずかしくてとても我が家にはお呼びできないわ」

郁子が、ため息をつく。

ソファに腰かけ、久恵の淹れてくれた紅茶を飲む。当たり前のように久恵は順二のカップに砂糖とミルクを入れ、手渡している。順二のことを、心から羨ましく思った。

ふと、ガラス張りのコーヒーテーブルの下に、結婚情報誌が置いてあるのが目に入った。

「ああ、それ」

益男の視線に気づいたのか、葉子が顔を赤らめる。

「気が早いって笑わないでくださいね。こういう雑誌を買って、いろいろと準備をするのが夢だったので」

慌てて片付けようとする葉子の手から、郁子が「女性ですもの。ドレスや式場は、じっくりと楽しみながら選びたいわよね」と言い、雑誌を取った。

「まあ、今はこんなにお洒落《しゃれ》なウェディングドレスがあるのね」

ページをめくった郁子は、感心している。

「お色直しのドレスも素敵なんですよ、ほら、これなんて……」

三人の女性が盛り上がるのを、順二が微笑んで見守っている。その中で、ただひとり益男だけが、冷や汗をたらしていた。

こんなに具体的に、葉子が考え始めているなんて――。

まだ一度顔を合わせただけで、付き合ってもいない。それなのに結婚に対する女性の期待は、ここまで大きく、真剣なものなのか。

益男は今更ながら、事の重大さを認識した。これはもう、「息子の気持ちが変わりました」では済まされないかもしれない……。

「あら、人気のある式場だと、一年以上前から予約がいっぱいになるって書いてあるわ」

郁子が式場の特集ページを見て驚いている。

「ねえお父さん、後で孝一が来たら急かしてみないとダメね。あの子はのんびりしてるから」

余計なことを、と心の中で益男は舌打ちした。しかし意外なことに久恵が「日取りを決めるのは焦らなくてもいいと思うわ」と言った。

「実はね、結婚する前に、葉子と孝一さんを一緒に生活させたいと思っているんです」

久恵の言葉に、益男と郁子は一瞬ぽかんとする。

「それは……同棲《どうせい》という意味ですか？」

確認すると久恵が「ええ」と頷くので、驚いた。なかなか女性側の親から提案されるものではない。

「もう、ママったら。驚いていらっしゃるじゃない」

葉子が恥ずかしそうに目を伏せた。

「実は、僕と久恵は、バツいち同士なんですよ」

　順二が頭を掻《か》いた。

「一度目の結婚では、すぐに相手と全く価値観が違うと気づきましてね。一緒に暮らすまではピッタリの相手だと思っていたんですが」

「結婚って難しいなと痛感したの。生活を共にすると、それまでと違った面が見えるでしょ？」

　久恵も言う。

「だから主人と付き合い始めた時、提案したんです。結婚前に、一緒に暮らしてみたいって」

「僕も同意見でした。それから同棲を始めたんですが、今度こそやっていけると確信しましたね。だから正式に結婚に踏み切って――」

「現在に至る、のよね」

　順二と久恵が見つめ合い、ふふふと笑う。

「まあ、そうだったんですか」

　郁子がしきりに頷いている。

「だから僕たちとしては、孝一君とご両親さえよければですが、先に一緒に生活をさせてからの判断にしたいんです」

「女性の場合は特に、戸籍に傷がつくと可哀想《かわいそう》でしょう?」

「なるほど、仰《おつしや》る通りですね」

どんどん会話を進めていく三人を見ながら、益男はまずいぞと思う。まさか同棲に向けて話が転がるとは。

「ただケジメとして、同棲を始める前に、正式に婚約はさせてやりたいとは思ってるんです」

久恵が言い、郁子が同意した。

「ええもう、是非こちらとしては結納をさせて頂いてから……ねえあなた、孝一が来たら、その方向で相談してみましょうよ」

急に郁子が益男に話を振る。

「あ、いやその……」

四人の視線が集まり、益男はしどろもどろになった。

「おや、メールだ」

震えてもいない携帯電話を取り出し、開く。そして精いっぱい残念そうな表情を作った。

「申し訳ありません、孝一は来られなくなったようです」

空気が凍りついた。

「仕事でトラブルがあったらしくて……本人も残念がっております」

郁子の額に青筋が浮かび、吉村家の表情が沈んだ。

さすがに場が白け、誰も口をきかなくなった。クラシック音楽だけが、静かに流れている。

通夜のような雰囲気の中で、葉子が焼いたというケーキをぼそぼそと食べた後は、いたたまれなくなってすぐに辞去することにした。葉子も夫妻も、引き留めなかった。

「石田さん、ちょっとよろしいでしょうか」

そそくさと玄関に向かう益男を、順二が小声で呼び止めた。玄関先では、女性陣が別れの挨拶をしている。順二と益男だけが、少し手前で向かい合った。

「孝一さんは実際のところ、葉子のことをどう思っていらっしゃるんでしょうか」

単刀直入に切り出されて、ぎくりとする。

「それは、その……とても良いお嬢さんだと……」

まさかこの場で、真実を話せるはずがない。

「では、結婚を真剣にお考え頂いていると受け取って、本当によろしいんですね？」

「――はい」

順二は黙って、益男を正面から見つめている。不審に思われている――益男は直感し、血の気が引いていった。

「わかりました。それなら結構です」

納得していない表情だったが、順二は道を空けた。益男は廊下を進み、玄関へと急いだ。

マンションの共同玄関まで一緒に降りてきた三人は、益男と郁子が角を曲がるまでずっと見送っていた。いつまでも手を振り続ける葉子と久恵の隣で、順二だけが口を引き結び、じっと益男を睨《にら》みつけていた。

大変なことになった。

しかも最後のダメ押しで、面と向かって嘘をついてしまった。生きた心地《ここち》がしないまま、ふらふらと自宅へ辿りつく。

郁子は郁子で、険しい顔をして、ずっと孝一に電話をかけ続けていた。孝一は出ないはずだ。今日は朝から晩まで技術研修に行っている。簡単に連絡がつかないことを狙って、今日を訪問日に選んだのだ。

「全くもう、あの子ったら」

今にも爆発する勢いである。

「なあ郁子」

「何ですか！」

噛みつきそうな表情で、郁子が振り向いた。

「一般的な代理婚活での話として……本当はその気がないのに、何度か会ってから断るのは問題になるかな」

「そりゃあならないでしょ。見極める期間は必要だから」

「だよな」ホッとした。

「それでも結婚をちらつかせたり、過剰に期待させることを言うのはNGでしょうね。故意に騙《だま》すことになるもの。あまりにも悪質なのは、『荒らし』ってみなされるらしいわ」

「荒らし？」

「相手が純粋に結婚相手を探しているのに、そこにつけこんで他の目的に利用しようとする人。肉体関係だったり、宗教の勧誘だったり、マルチ商法だったり。だからもし、そういう参加者を見つけたら主催会社に通報してくれって参加者のしおりに書いてあったじゃない」

「通報って」益男はぎょっとする。「そんな大げさな」

「通報くらい当たり前よ。普通の婚活と違って、最初から双方の親が絡んでるのよ。そんな輩《やから》がいたら、荒らしどころか、立派な詐欺だわよ」

「さ、詐欺だなんて。いや、しかし――」

「もう、さっきから何なのよ。どうでもいいじゃない、うちには当てはまらないんだから。それより、もう一度あの子に電話してみるわ」

再び電話番号を押す妻を見て、覚悟を決めた。とりあえず郁子には打ち明けよう。

そして事態がこれ以上大きくなる前に、なんとか二人で対処を考えるのだ。

「郁子、ちょっとこっちに座ってくれ」

和室に正座し、その向かいの座布団を示す。

「何ですか」

何度目かのメッセージを吹き込んで電話を切った郁子は、いらついた表情で座布団に座った。

「お前に話しておきたいことがある。実は――」

これからというところで、固定電話が鳴った。

「孝一だわ！」

郁子は目の色を変えて、電話機をめがけて走っていく。

「あんた一体何をやって……。はい？」

孝一ではなかったらしい。途中からよそいきの声になった。馴染《なじ》みのない相手なのか、首を傾げながら受話器に聞き入っている。

「ああ、ペアレント会の方ね。その節はどうも」

代理婚活パーティの主催会社か。出会いの場を提供するだけで、連絡や交際は各自任せ、フォローアップの連絡などしないと言っていたのに、何の用件なのか。まさか――。

「吉村葉子さん？　ええ、お付き合いをさせて頂いてますが」

嫌な予感がした。吉村家は勘付いたのではないか。そして通報したのでは……。

「うちが……荒らしですって？」

受話器を当てたまま、妻が目を見開いてこちらを見た。

やっぱり――。

益男は、観念して目をきつくつぶった。


ところが話を聞いてみれば、被害者は、実は益男たちの方だった。

吉村順二、久恵、葉子の三人は「結納金詐欺」のグループなのだそうだ。もともと吉村夫婦はイミテーションの宝石を、葉子は偽ブランド品をネットオークションで売って荒稼ぎしていた仲間だった。しかしこのご時世、テレビやネットで詐欺の手口が出回ってしまい、引っかかる人が少なくなってきた。しかも振り込め詐欺や還付金詐欺の横行と相まって、警察の目も厳しくなっている。どうしたものかと考えていた時に代理婚活を知り、この方法を編み出した。葉子は吉村夫婦と養子縁組をし、親子となった。

葉子の結婚相手を決めて結納に持ち込み、入籍まで一緒に生活をさせたいと提案する。しばらくして「彼とは価値観も人間性も違いすぎる。結婚は白紙に戻したい」と葉子が両親に泣きつき、婚約は解消となる。三人は金と婚約指輪をせしめ、次の獲物を探す――というカラクリらしい。

このやり方が巧みなのは、まず普通の結婚詐欺とは違い、最初から親も参加しているため、ほぼ百パーセント詐欺だと疑われない点。そして、婚約後に一緒に暮らした――つまり内縁関係が成立した――という事実があれば、婚約不履行には該当せず、結納金も婚約指輪も返還の義務は生じないという点だ。つまり便宜上「結納金詐欺」と呼んではいるが、実際には詐欺には当たらず、違法ではないのである。

キャッシュを手に入れるまで少々時間はかかるが、違法ではないというメリットは大きい。しかも吉村家はセレブだと思い込まれているので、男性側の親はかなりの額の結納金を包むらしい。

順二は自らが医者だとは一言も言っていない。撮影などで使われる豪華マンションをレンタルして招待するのも常套《じょうとう》手段らしいが、そこが「我が家」だとも言っていない。全て相手側が勝手に思い込んだだけであり、ひとつも嘘をついていないのだ。だからこそ堂々と彼らは本名を名乗り、代理婚活ブームに乗って、全国で活動していた。そして今回のケースでは、孝一だけでなく、小金を持っていそうな別の男性二名とも同時進行で話を進めていたらしい。あえて小金持ちを選び、大金持ちを避けるのは、本物のセレブは慎重なので身元調査をされてしまう可能性が高いからだそうだ。

ただ、今回吉村家にとって不運だったのは、去年北海道でのパーティでターゲットにされた男性家族Aと、今回参加した男性家族Bがたまたま知り合いだったことだ。

結納時の幸せそうな写真を以前Aから受け取っていたため、Bは会場で吉村家を見た時に「あの人たちでは」と思い、念のためペアレント会に知らせた。ペアレント会が同業他社に確認してみたところ、吉村家があちこちのパーティに参加し、結納を繰り返していることがついに発覚した。法に触れてはいないので罪に問うことはできない。が、荒らしとして婚活業界のブラックリストに載り、今後は一切、出入りできなくなるということだった。

「まさかそんな……」

電話を終えた郁子は、和室にへたりこんで、うちひしがれている。

「良いお嬢さんだと思ったのに。最高のご縁だと思ったのに」

妻以上に打撃を受けているのは益男だった。久恵が詐欺師だったなんて――。

「残念だな。しかしこの時点でわかったことは、不幸中の幸いだよ」

郁子に言いながら、自分に言い聞かせた。鼻の奥がつーんと痛む。これまで経験したどんな失恋よりも、手痛かった。

ただ、心のどこかで安堵《あんど》もしていた。これ以上、久恵に惹かれる前で良かった。何より、孝一が気乗りしないとはねつけてくれたことで、被害に遭わずに済んだのだ。

孝一のお陰だな――。

平凡で目立たない、けれども実直な孝一の顔が浮かんだ。

これまで孝一には、不満ばかりを募らせてきた。四年制大学に進めと言ったのに、整備士の専門学校へ進んだ。卒業後は大手企業に就職しろと言っても、自分の店を開くことを選んだ。もどかしく思っていたが、孝一は孝一なりの信条を持ち、それを大切にして生きている一人前の男なのだ。

――人を表面で判断するんじゃないよ。

ほんの二週間前、自分が孝一に言った言葉を思い出す。表面しか見ていなかったのは、どちらだったのか。孝一だけが、吉村家の豊かさや華やかさにごまかされず、本質を見抜いていたのだ。

俺はいったい、息子の何を見てきたんだ――。

益男は、頭をくしゃくしゃと掻いた。

「孝一に、なんて伝えたらいいのかしら」

郁子が、鼻声で呟いた。

「あいつには……俺から話しておくよ」

「本当？」郁子は潤んだ瞳で益男を見つめる。「有難う。やっぱりお父さんは頼りになるわね」

「いや……」

苦笑いし、煙草に火をつけた。

「孝一は、しっかりした男に育ってくれたよ」益男はしみじみと言う。「いつかきっと、素晴らしい女性を連れてくる。もう結婚は、本人に任せておこうじゃないか」

「そうですね。婚活のコラボレーションはお終《しま》い。もう懲《こ》りました」

郁子が目尻をぬぐいながら、微笑んだ。細かく横に皺《しわ》の入った指先。しみだらけの手の甲。かつてふっくらとしていた手が、全体に骨ばっている。

妻には、一緒に暮らしてきた生活が刻まれている——共に歩んだ、四十年以上の歳月が。

「描いてやろうか」

「え？」

「お前の絵。モデルにしてさ」

郁子はみるみる真っ赤になって「そんな、嫌ですよぉ」と目の前で両手を振った。

「どうして。いいじゃないか」

「こんなおばあちゃんを描いてもどうにもならないでしょ、もう、お父さんったら」

赤い頬を両手で押さえて、うふふ、と笑う。

「ああ、でも」両手で頬を押さえたまま、ちらりと益男を見る。「わたし、描いてほしいものがあるのよね」

「俺に？」

「大皿を作りたいと思ってるの。そうね、直径五十センチくらいかしら」

「そこに俺の絵を？」

「前から考えてたの。棚の場所を取り合うんじゃなくて、一緒に作品を作ることができればいいんじゃないかって。絵柄にはネモフィラがいいと思うの。ほら、あなたが得意なお花」

「……知ってたのか」

自分の絵など、見ていないと思っていた。

「そりゃあね」妻が笑う。「きれいなブルーで、胸がすがすがしくなりました。お皿に描いたら映えるでしょうね。あれをお願いしますよ」

「わかった」

益男は煙草の灰を、灰皿にぽんと落とす。そういえば、この灰皿も妻の作品だ。

緑色のうわぐすりが塗ってあるだけの地味なものだが、自分が絵を挿せば華やかになるかもしれない。湯呑や茶わん、花器にも描いてみたい。次々にイメージが湧いてきた。

「よし、新たなコラボレーションだな」

益男は夢から醒《さ》めたような気持ちで、縁側から庭を眺めた。

もうそこには、久恵のまぼろしは現れなかった。

解説

大矢博子
（書評家）

二〇〇九年に『雪の花』（小学館文庫）でデビューした秋吉理香子は、女子校での不可解な死を巡る高校生たちを描いた二作目『暗黒女子』（双葉文庫）が大ヒット、映画化もされて、世間の注目を集めた。

その後、他人の体に転生した高校生が自分の〈殺人事件〉の謎を解く『放課後に死者は戻る』（双葉文庫）、暴走する母性をテクニカルなミステリに落とし込んだ『聖母』（同）、継母が父を殺した証拠を娘が見つけようとする『自殺予定日』（創元推理文庫）、かつて自分たちが殺したはずの元同級生から手紙が届く『絶対正義』（幻冬舎文庫）、閉鎖的な島を舞台にしたサスペンス『サイレンス』（文春文庫）など、サスペンス色の強いイヤミス作品を次々と上梓した。

その一方で、国際線のパイロットを探偵役にした『機長、事件です！』（角川文庫）や、バレエ界が舞台の『ジゼル』（小学館）といった業界もの、江戸川乱歩へのオマージュに満ちた幻想的な作品集『鏡じかけの夢』（新潮社）、復讐という同じモチーフを使いながらまったく違う物語を作り上げた『ガラスの殺意』（双葉社）『灼熱《しゃくねつ》』（PHP研究所）の二作などなど、初期の〈イヤミスの気鋭〉というイメージにとらわれず、作品の幅をどんどん広げている。

ただ、作品のジャンルや幅は広がっても、そのすべてに共通する特徴がふたつある。秋吉作品の色と言ってもいいだろう。ひとつはイヤミスで鍛えられた人物描写の腕だ。

イヤミスとは〈読んだあとで嫌な気分になるミステリ〉のことなのだが、これはただ嫌なヤツや嫌な事件を描けばいいというものではない。エゴや悪意、嫉妬や虚栄心、狡さや弱さといった、人が誰しも持っていて、けれど持っていることを認めたくない心の中のドス黒い部分を見せつけるような〈嫌さ〉を言う。自分にもこういうところがある、周囲にこういう人がいる、そのリアリティの持つ〈嫌さ〉こそがイヤミスの幹なのだ。たとえば〈本当にあったら怖い〉のがホラー小説だとしたら、〈本当にあるから怖い〉のがイヤミスと考えればいい。

だが、そのような人が持つ黒い心――エゴや悪意、嫉妬や虚栄心、狡さや弱さなどは、決して一〇〇パーセントの嫌悪感だけを呼び起こすものではない、というのがポイント。当人やその周囲の人にどっぷり感情移入して読むと（そして感情移入させるのが書き手の技術なのだが）ひたすら嫌悪感が湧き上がるが、一歩離れたところから見ると、虚栄心や嫉妬や狡さというのは、時に滑稽だったり、愚かだったり、物悲しかったりという、〈嫌〉だけではない人の心の綾を見せてくれるものなのである。

人のリアルをえぐるイヤミスの気鋭だからこそ書ける、人間の愚かさや滑稽さ。それが詰まっているのが本書『婚活中毒』なのだ。

本書には四篇の短篇が収録されており、総タイトル通り、いずれも〈婚活〉をテーマにしている。シリアスな事件ではなく、結婚できるかどうかという、本人や家族にとっては大問題だが他人にしてみればどうでもいい（失礼）テーマだからこそ、本人たちの右往左往ぶりを離れた場所から楽しめる（さらに失礼）作品ばかりだ。ひとつずつ見ていこう。

「理想の男」

三十九歳で婚活を始めた沙織は、登録した結婚相談所でいきなり理想の男・杉下に出会う。だが、これほど好条件の相手がなぜ四十二歳になるまで独身だったのか？　この結婚相談所でこれまでに杉下を紹介された女性が三人いたと知った沙織は、その女性たちから話を聞こうとする。ところが探してみると、その三人とも死んでいることがわかり……。

結婚を焦る主人公をややコミカルに描いてみせた後、物語はいきなりサスペンスの様相を呈する。その真相やいかに――というのはお読みいただくとして、まず注目いただきたいのは、恋人と別れて初めてアラフォーでの婚活の難しさを自覚する沙織の様子だ。自分自身は何も変わっていないのに、年齢が上がったことで相対的に〈嫌な表現だが〉価値が下がってしまう結婚という〈市場〉の残酷さ・歪《いびつ》さもさることながら、自分が〈そちら側〉にいることに初めて気付いて焦る沙織の様子が痛々しくもおかしい。

そして最後には背筋が凍るような結末を堪能できる、切れ味の鋭い一篇である。

「婚活マニュアル」

仕事柄女性との出会いが少ない洋介は、婚活として参加したバーベキューコンパで知り合った愛奈とつきあうことに。しかしいざ交際を始めてみると、食事やプレゼントなど、彼女の要求は増すばかり。それでも美人の愛奈を手放したくなくて無理を重ねる洋介だったが……。

愛奈はやばいぞ、と読者は早々に気付くし、実は洋介も気付いてはいる。それでも愛奈に振り回される洋介の〈見栄〉ははたから見ると実に滑稽で愚かなのだけれど、実はそれすら著者の計算なのだ。ポイントはコンパのときから愛奈と一緒にいた「お世辞にも可愛いとは言えない」「引き立て役」の靖子。この手の話にありがちな定番の展開を予想した読者には、思わぬ背負い投げが待っている。

「リケジョの婚活」

お見合い番組の予告で見た男性参加者に一目惚れした恵美。絶対に彼を落とす！大学で電子工学を専攻し、現在は電機メーカーでロボットの開発に携わる理系女子の強みを存分に発揮して、完璧なデータ分析のもとに万全の対策を立てて番組に臨んだ恵美は……。

とにかく恵美の、相手に気に入ってもらうための計算に次ぐ計算と、それが必ずしもうまくいくわけではないというおかしみが絶品。注目願いたいのは、彼女のどこが〈リケジョ〉なのかという点だ。ただ単にデータをエクセル管理するとかシミュレーションツールを作るとかではない。開発に携わる技術者なら当然考えるリスクヘッジこそが本篇のキモなのだ。これか！　と思わずにやりとしてしまうこと請け合い。

第六十九回日本推理作家協会賞短編部門にノミネートされた、ミステリとしての評価も高い作品である。

「代理婚活」

まったく結婚の気配がない息子に業を煮やした妻に引きずられて、親が子どもの代わりに婚活を行うというイベントに参加した益男。はじめは気乗りしなかったが、息子の相手の母親にときめいてしまって……。

親世代の物語である。気に入った女性となんとかつながっていたいという益男の涙ぐましい奮闘ぶりは「婚活マニュアル」にも通じるのだが、最終的に彼が到達した夫婦の景色に注目願いたい。親世代を主人公にした本篇が本書の掉尾《とうび》を飾るのにはわけがある。ここまでの三篇で「結婚したい」と思っていた三十代の主人公たちにとっては、結婚することがゴールだった。けれど本篇を読めば、結婚とは継続なのだということがよくわかる。

本篇を最後に置くことで、結婚とは何か、何のために結婚するのかというテーマにしっかりと芯が通るのである。

これら四篇、いずれもタイプの違う物語を楽しめるが、すべての話に通じるのが〈自己演出〉だ。自分をどう見せれば、どう振る舞えば、相手の気に入るか。彼／彼女たちは皆、そこに腐心する。見栄を張ったり、普段着ないようなファッションをしたり、媚《こび》を売ったり、おもねったり、作戦を練ったり。

本当の自分を隠して演技して好かれたって仕方ないだろう……と思われるだろうが、けれどこれは多かれ少なかれ、人間関係の中で誰もがやっていることだ。自分を好きになってもらいたい、相手にいい気持ちでいてほしい、幸せになりたい。これは決して婚活に限った話ではない。恋愛でも夫婦の間でも、あるいは友人同士でも、仕事の関係でも、相手が好きであればあるほど、自分も好かれたいと思う。そのために嘘をついたり演技をしたりするのは、褒められたことではないにせよ、ある意味、とても人間らしく可愛らしいことではないだろうか。……もちろん、可愛らしいではおさまらない話も中にはあるけれど。

本書のタイトル『婚活中毒』は、収録作から採ったものではない。これは私たち人間が誰しも持っていて、そこから逃れられない「好かれたい」という思いを象徴した総タイトルなのである。

婚活中かどうかにかかわらず、「好かれたい」という気持ちを抑え込めないすべての人におすすめの短篇集だ。

ところで本稿の前半で私は、秋吉作品のすべてに共通する特徴がふたつある、ひとつはイヤミスで鍛えられた人物描写の腕だ、と書いた。もうひとつは何か。本篇を先に読まれた方ならもうおわかりだろう。緻密《ちみつ》な伏線に裏打ちされたどんでん返し、である。

本書は結婚・婚活というモチーフを、時にはユーモラスに、時にはシニカルに描きながら、すべて最後には思わぬどんでん返しが待ち受けている。そのサプライズたるや！　しかも読み返してみればしっかり伏線が張られており、ミステリとしての構造に唸《うな》るばかりだ。

好かれたい、という思いが人間につきものなら、どんでん返しもまた人生にはつきもの。人の心の機微をすくいあげるイヤミスの手練れだからこそ書けた、〈婚活ミステリ〉をどうぞご堪能いただきたい。

2017年12月小社刊

本作品はフィクションであり、実在の個人・団体とは一切関係がありません。（編集部）

実業之日本社文庫　最新刊

青柳碧人
彩菊あやかし算法帖　からくり寺の怪
キュートな彩菊が、妖怪が起こす事件を得意の算法で解決！『むかしむかしあるところに、死体がありました。』著者が贈る、新感覚時代×数学ミステリー！
あ16 2

阿川大樹
終電の神様　台風の夜に
ターミナルの駅員、当直明けの外科医、結婚式を予定しているカップル――台風で鉄道が止まる一夜、それぞれの運命が動き出す。感動のベストセラー新作！
あ13 3

秋吉理香子
婚活中毒
この人となら――と思った瞬間、あなたは既に騙されている！　人生はどんでん返しの連続。幸福を願うすべての人へ贈る婚活ミステリー。（解説・大矢博子）
あ23 1

安生 正
襲撃犯
碓氷峠で自衛隊の運搬車が襲撃された。自衛官惨殺、プルトニウム燃料強奪。鮮やかな手口だ。自衛隊崩壊の危機に、不器用な男たちが、愚直に真実を追う！
あ24 1

井川香四郎
桃太郎姫　望郷はるか
偽金騒動を通じて出会った町娘・桃香に、商家の若旦那がひと目惚れ。その正体が綾歌藩の若君（!?）と知らない彼は……人気シリーズ、待望の最新作！
い10 7

大林宣彦
ぼくの映画人生
映画とともに生き、道なき道を切り開いてきた著者が、七十歳を機にその半生と映画論を語った感動の自伝。すべての人の背中を押す勇気の書。（解説・赤川次郎）
お10 1

沢里裕二
湘南桃色ハニー
ビールメーカーの飯島は、恋人を寝取られたことをきっかけに己の欲望に素直になり……。ビーチで絡み合う水着と身体が眩しい、真夏のエンタメ官能コメディ！
さ3 11

実業之日本社文庫　最新刊

中島 要
御徒の女
大地震、疫病、維新……苦労続きの人生だけどたくましく生きる、下級武士の〝おたふく娘〟の痛快な一代記。今こそ読みたい傑作人情小説。（解説・青木千恵）
な81

西川美和
映画にまつわるXについて2
小説と脚本の違い。子役との撮影。主演俳優の自意識――大ヒット作『永い言い訳』公開までの苦闘の五年間を濃密な筆致で綴る、人気映画監督のエッセイ集！

に42

葉月奏太
盗撮コネクション 復讐代行屋・矢島香澄
洋品店の中年店主は、借金返済のためとそそのかされ、盗撮を行う。店主の妻は盗撮され、脅される。店主は自殺を決意し……。どんでん返し超官能サスペンス！

は69

南 英男
脅迫 強請屋稼業
新空港の利権にからみ、日本進出をもくろむアメリカ企業がスキャンダルをネタにゆさぶりをかける。敵対会社の調査を依頼された見城豪に迫る罠とは!?

み716

睦月影郎
みだら女剣士
女子大剣道部の合宿の手伝いをすることになった治郎。そこに幕末に死んだ女剣士の霊が現れ、次々と部員に取り憑き欲求を満たしていく。爽快スポーツ官能！

む213

木宮条太郎
水族館ガール7
出産後、母親が病気にかかったイルカ親子は別々のプールに。離れ離れの親子を対面させるため由香が思いついたアイディアは……超感動いきもの小説！

も47

吉田雄亮
雷神 草同心江戸鏡
穏やかな空模様の浅草の町になぜか連夜雷鳴が響く。雷門の雷神像が抜けだしたとの騒ぎの裏に黒い陰謀の匂いが……人情熱き草同心が江戸の正義を守る！

よ56

実業之日本社文庫　好評既刊

阿川大樹
終電の神様
通勤電車の緊急停止で、それぞれの場所へ向かう乗客の人生が動き出す――読めばあたたかな涙と希望が湧いてくる、感動のヒューマンミステリー。
あ13 1

阿川大樹
終電の神様　始発のアフターファイブ
ベストセラー『終電の神様』待望の書き下ろし続編！　終電が去り始発を待つ街に訪れる5つの奇跡を、温かな筆致で描くハートウォーミング・ストーリー。
あ13 2

五十嵐貴久
年下の男の子
37歳、独身OLのわたし。23歳、契約社員の彼。14歳差のふたりの恋はどうなるの？　ハートウォーミング・ラブストーリーの傑作！（解説・大浪由華子）
い3 1

五十嵐貴久
ウエディング・ベル
38歳のわたしと24歳の彼。年齢差14歳を乗り越えて結婚を決意したものの周囲は？　祝福の日はいつ？　結婚感度UPのストーリー。（解説・林 毅）
い3 2

五十嵐貴久
可愛いベイビー
38歳課長のわたし、24歳リストラの彼。年齢、年収、キャリアの差……このカップルってアリ？　ナシ？　大人気「年下」シリーズ待望の完結編！（解説・林 毅）
い3 3

実業之日本社文庫　好評既刊

五十嵐貴久
あの子が結婚するなんて
突如親友の結婚式の盛り上げ役に任命？　複雑な心境で準備をはじめるが、新郎の付添人に惹かれてしまい──!?　アラサー女子の心情を描く、痛快コメディ！
い35

平 安寿子
こんなわたしで、ごめんなさい
婚活に悩むOL、対人恐怖症の美女、男性不信の巨乳……人生にあがく女たちの悲喜交々をシニカルに描いた名手の傑作コメディ7編。（解説・中江有里）
た81

平 安寿子
愛にもいろいろありまして
王道からちょっぴりずれた〝愛〟の形をユーモラスに描く傑作短編集。「モテない…」「ふられた！」悩めるあなたに贈ります。あきらめないで、読んでみて！
た82

中山七里
嗤う淑女
稀代の悪女、蒲生美智留。類まれな頭脳と美貌で出会う人間すべてを操り、狂わせる──。徹夜確実、怒濤のどんでん返しミステリー！（解説・松田洋子）
な51

新津きよみ
夫以外
亡夫の甥に心ときめく未亡人。趣味の男友達が原因で離婚されたシングルマザー。大人世代の女が過ごす日常に、あざやかな逆転が生じるミステリー全6編。
に51

実業之日本社文庫 あ23 1

婚活中毒《こんかつちゅうどく》

2020年8月15日　初版第1刷発行

著　者　秋吉理香子《あきよしりかこ》

発行者　岩野裕一
発行所　株式会社実業之日本社
〒107-0062　東京都港区南青山5-4-30
CoSTUME NATIONAL Aoyama Complex 2F
電話［編集］03(6809)0473［販売］03(6809)0495
ホームページ　https://www.j-n.co.jp/
ＤＴＰ　ラッシュ
印刷所　大日本印刷株式会社
製本所　大日本印刷株式会社

フォーマットデザイン　鈴木正道（Suzuki Design）

ISBN978-4-408-55605-5（第二文芸）